RELATOS DE AKELDAMA

JOSÉ NEPTUNO MARTÍNEZ

Relatos de Akeldama es una obra de ficción. Cualquier referencia a eventos históricos, personas o lugares reales se utiliza de manera ficticia. Otros nombres, personajes, lugares y eventos son productos de la imaginación del autor, y cualquier semejanza con eventos, lugares o personas reales, vivas o muertas, es pura coincidencia.

Concepto de diseño de portada: José Neptuno Martínez
Diseñada a través de MidJourney

Primera edición: agosto 2024
México.

Sígueme en redes sociales:

YouTube: www.youtube.com/@NeptunoMartinez
Instagram: @neptunomtz.escritor
Facebook.com/neptunomtz
TikTok: @escrituno
www.neptunomartinez.com

ISBN: 978-607-29-5901-9

Con gran amor y agradecimiento por su paciencia a mi esposa Yeimy y a mis hijos, Sebastián y Aidan.

A la memoria de nuestro amado Merlín, nuestro amigo peludo, que nos dejó una gran enseñanza de amor incondicional.

ÍNDICE

"Entonces uno de los doce, que se llamaba Judas Iscariote, fue a los principales sacerdotes, y les dijo: ¿Qué me queréis dar, y yo os lo entregaré? Y ellos le asignaron treinta piezas de plata."

Mateo 26:14-15, Reina-Valera 1960

"Si vas a buscar venganza más te vale cavar dos tumbas porque una de ellas será para ti."

Proverbio chino

A VECES ES MEJOR PONER LA OTRA MEJILLA

El bullicio de los turistas había disminuido un poco, sobre todo por la hora. La mayoría de las aglomeraciones se daban en las horas pico de la mañana, cuando todos aprovechaban para visitar las principales atracciones turísticas de la antigua ciudad. Miró su Apple Watch; eran las 17:17 horas del martes nueve de agosto. La tarde estaba bellísima, con un clima agradable y un azul del cielo más imponente que en otras ocasiones. Pocas nubes. Todo parecía más brillante; los tonos de los bloques de piedra de las milenarias construcciones desprendían un color más vivo, al menos eso percibió esa tarde al caminar por las calles empedradas. En realidad, estaba disfrutando bastante de caminar por las tardes. Su nueva rutina. Algo que deseaba convertir en un nuevo hábito. De cierta manera, se sentía como un turista.

Le causaba gracia el hecho de que, a pesar de haber vivido casi toda su vida allí, nunca se había tomado el tiempo de conocer la ciudad. Extraña sensación de darse cuenta de que, aunque su cuerpo estuvo presente, su mente siempre anduvo en otro lugar, concentrada en otras cosas. Llevaba varias semanas sintiéndose bien consigo mismo por primera vez desde que se había retirado. De ello hacía ya casi un año. Por fin parecía haber encontrado la paz mental que tanto le había costado conseguir. Qué bueno que tomó el consejo que tantas veces arrumbó en el baúl de las postergaciones: ir con una terapeuta para que le ayudara a acallar, o al menos adormecer, a todos aquellos demonios que lo perseguían y que estuvieron a punto de destruirlo. *Uno* de ellos en particular.

Quién le habría dicho a Yaakov Katz que a sus cincuenta y cinco años iba a poder iniciar una nueva vida. Caray, cuándo se habría imaginado volver a encontrar una pareja estable, incluso quince años menor que él. Guapa, además. Parecía haber encontrado la senda de un nuevo comienzo, a pesar de que llegó a estar convencido de que le resultaría imposible dejar atrás su antigua vida, pero ahora sí que parecía viable. Paz mental.

Yaakov llegó hasta un agradable y amplio callejón que colindaba con lo que parecía un pequeño parque en donde daban sombra pinos y cipreses mediterráneos. Era un lugar tranquilo; había algunos locales comerciales y pequeños restaurantes con terrazas y mesas redondas instaladas enfrente. La presencia de personas era escasa. Cada uno en lo suyo. Compró una botella de agua.

Su primera opción había sido un café, pero, en la medida de lo posible, quería evitar cafeína y cualquier otra cosa que lo pudiera poner ansioso. Se instaló en una banca junto a un árbol. De frente, una agradable vista. A la distancia se alcanzaba a ver uno de los domos de la iglesia del Santo Sepulcro. Se escuchaba el repique de algunas campanas a lo lejos. El aire silbaba entre las paredes de las antiguas construcciones, lo cual generaba una sensación monástica de tranquilidad. Miró a su alrededor y observó a las personas que pasaban y ahora lo acompañaban en su nueva faceta de turista. Era un gran observador. En su antigua vida estaba obligado a serlo. Algunos niños corrían y reían, parejas de todas las edades iban y venían. Turistas en su gran mayoría. Cerca se escuchaban los acordes de una guitarra acústica. Un grupo de jóvenes entonaban canciones algo desafinadas, parecía que no se lo tomaban muy en serio; reían de manera picaresca, le pareció. Al fin y al cabo, jóvenes.

Volvió a echar un vistazo a su reloj y, cuando sintió que todo estaba bien, que era seguro, abrió el libro que traía consigo. Una novela de John Grisham. Disfrutaba el género del thriller legal. Mientras acomodaba la página en donde se había quedado, reflexionó en lo hermosa que era Jerusalén. Ciudad milenaria. Qué cantidad tan abrumadora de historia concentrada en un solo sitio. Impresionante. Cuánto del destino de la humanidad se había escrito y decidido allí, pero también cuántos conflictos y guerras interminables aquejaban la región. Decidió parar en seco sus pensamientos, pues la terapeuta le había advertido que ello era echar carbón al horno de su infierno personal. Decidió concentrarse en la novela. Tomó un sorbo de agua. Sonrió y, cuando menos se dio cuenta, estaba absorto en su lectura. Toda preocupación y recuerdos tentadores se esfumaron. Los ruidos callejeros y voces en el ambiente se convirtieron en rumores hipnotizantes. Así estuvo un buen rato.

Estaba a punto de dar vuelta a la página cuando una sombra brutal lo envolvió y destrozó su paz mental. ¡Qué sensación tan horrible! ¿Qué demonios estaba pasando? Pocas veces había sentido tanta confusión y vaya que pasó por toda clase de peligros. La sombra que lo cubrió apagó la luz por completo, acompañada de un golpe que retumbó en su oído derecho. Se sintió sofocado, le faltaba el aire. Todo pasó en cuestión de segundos. ¿Había llegado su fin? ¿Estaba muerto? ¿Así se siente? ¿Se acabó el mundo? ¡¿Qué demonios estaba pasando?! Pensamientos que atravesaron su mente como un tren bala. Sintió cómo la adrenalina invadía su cuerpo. Su instinto de conservación se activó. Tomó el control de su cuerpo y lo hizo saltar como un felino asustado; sus sentidos comenzaron a agudizarse y a tomar conciencia de sus alrededores.

Le pareció escuchar risas macabras, burlonas, que se alejaban y luego se convirtieron en murmullos. Con desesperación, se llevó ambas manos a la cabeza, pero no la encontró, pues en su lugar había algo macizo, duro, como un casco gigantesco. Con rapidez instintiva, se lo quitó y lo lanzó por los aires. Regresaron la luz y el aire fresco, pero también una apabullante confusión; viejos demonios comenzaron a aparecer. Escuchó cómo aquello que se quitó de la cabeza rodaba por el suelo. Lo observó: a primera vista, parecía un tosco objeto de plástico, pero luego de analizarlo se dio cuenta de que era un balde negro, como los que se usan para guardar pintura o transportar líquidos. «¿Qué carajos?» Se dijo a sí mismo.

No entendía qué estaba pasando. ¿Alguien le había puesto un balde en la cabeza? Miró a su alrededor buscando al culpable. Al principio, todos le parecieron sospechosos. Algunos parecían no haberse dado cuenta de nada, mientras que otros lo observaban con extrañeza. Un viejo demonio en forma de enojo visceral se hizo presente. —Sí, alguien te puso un balde en la cabeza y te dio un golpe —le susurró al oído, lo que hizo que Yaakov comenzara a perseguir a un enemigo invisible. Corrió por todo el lugar, buscando al agresor. Estaba en excelente condición física, lo cual le permitía moverse con agilidad. Todos le parecían sospechosos; sentía que se estaban burlando de él. Iba y venía al lugar donde ocurrió el atentado, pensando que el asesino siempre vuelve al lugar del crimen. La ofuscación era ahora su amo y señor. Así estuvo un buen rato hasta que se dio cuenta de que estaba haciendo un lastimoso ridículo. Comprendió lo que podrían estar pensando de él: un sujeto alto, atlético a pesar de su edad, facciones toscas en un rostro fino, actuando como un mimo persiguiendo seres imaginarios. Sin duda, pensarían que era un drogadicto o un desequilibrado mental.

Se sintió avergonzado; su yo interno le dio una buena reprimenda. «¿Por qué diablos estás actuando así? Te desconozco por completo». El antiguo Yaakov jamás se habría comportado de esa forma. Decidió tranquilizarse. Respiró hondo. Guardó compostura y se acomodó el cabello. Levantó el libro que estaba en el piso, al igual que su botella de agua. Se la terminó de un trago. Se dio cuenta de que estaba sudando. Había perdido la noción del tiempo. Todo pareció volver a la normalidad. Los jóvenes que había observado seguían cantando desafinados al ritmo de la guitarra y los turistas continuaban yendo y viniendo. Solo un par de personas lo observaban con extrañeza. De algo sí estaba seguro: el ataque sí ocurrió, no lo había alucinado ni estaba loco, pues el balde negro yacía en el suelo. El cuerpo del delito. Lo tomó entre sus manos, lo observó y lo dejó en una esquina. Decidió marcharse del lugar.

Mientras conducía de vuelta a su departamento, no podía dejar de pensar en el incidente. La confusión lo abrumaba. ¿De qué se trataba aquello? ¿Era acaso una advertencia o un juego macabro de algún viejo enemigo? ¿Una broma pesada? ¿Pero quién y por qué? Sentía cómo se iniciaba un incendio en sus entrañas, ira visceral, que pronto apagaba con ejercicios de respiración que le ayudaban a recobrar la compostura. Al llegar a su departamento, ya lo esperaba Abigail, quien al verlo entrar notó que algo no estaba bien.

Se preocupó por él. Lo tomó de la mano y lo llevó hasta la pequeña estancia.

—Cuéntame, ¿qué te pasó? —le dijo.

Yaakov le contó la terrible experiencia. Al principio, Abigail compartió la confusión que aún lo aquejaba, pero mientras seguían dándole vueltas al asunto y para tratar de que se olvidara de ello, le dijo que, a su parecer, todo se había tratado de una mala broma. El modus operandi así lo indicaba. Como en todas las ciudades turísticas importantes, Jerusalén está llena de ociosos errantes, sin ocupación ni propósito aparente. De haber sido otro el motivo, tal vez estaría en ese momento en el hospital, recuperándose de una golpiza, o bien, ni siquiera estaría contando la anécdota. Abigail se levantó y fue a la cocina a servirle una copa de su vino favorito para que terminara de relajarse.

—Es un detalle insignificante, no le prestes mayor atención, amor. Recuerda todo lo que has avanzado con tu terapeuta, Tamar. No dejes que esta mala experiencia destruya todo el avance que has tenido. —Él asintió, no muy convencido.

—Lo que no entiendo es, ¿por qué, si se trató de una broma, me eligieron a mí?

—Podría haber sido cualquiera. Según lo que me contaste, en ese momento estabas descuidado, en un lugar público, y eras la presa perfecta para un bromista ocioso —le dijo con tono maternal mientras extendía su mano hacia su rostro.

—Tienes razón. No voy a dejar que esto destruya mi paz y tranquilidad —le contestó sonriendo.

Abigail lo miró de manera inquisitiva y no pudo evitar soltar una carcajada.

—Ya te imagino a ti, con un balde en la cabeza —dijo llevándose ambas manos a la boca para tratar de sofocar su risa. Ahora emitía unos simpáticos gemidos.

Si no hubiera sido porque a Yaakov le pareció que se veía hermosa doblándose de la risa con su larga cabellera negra, piel apiñonada y delicadas facciones que le daban el aire de una traviesa adolescente, habría sufrido un ataque de ira como en el pasado. Pero él ya era otro. Terminó uniéndose al festín de risas, riéndose de sí mismo.

Pasó una noche infernal. No pudo conciliar el sueño. Lo despertó una terrible pesadilla en la que revivió el incidente, pero con un cambio de escenario. Estaba en un lugar que daba la impresión de ser un calabozo medieval. Iluminación tenue y escasa proveniente de unas antorchas pegadas a la pared de piedra. Yaakov se encontraba amarrado de pies y manos a una silla. Su cabeza estaba cubierta con un balde de madera con olor putrefacto. Era insoportable. No podía moverse, le empezó a faltar la respiración. Entonces, una extraña sombra ataviada con mortajas le retiró el balde de la cabeza. Cuando se recuperó de la visión borrosa, un horrible rostro se postró ante él. Era un hombre que parecía un leproso. De su cara salían pus y gusanos. El olor era pútrido. Se burlaba de él con máxima sorna.

—¡Eres un pobre imbécil! —le gritaba el leproso, mientras

se volteaba hacia lo que parecían unas sombras vestidas con ropas desgarradas. No se distinguían del todo, pero sus horribles y nefastas carcajadas se escuchaban al unísono. Observó cómo ese monstruoso sujeto tomó otra cubeta que, por el olor que despedía, parecía estar llena de excremento y otros desechos humanos. Gritó al ver que se la iban a poner en la cabeza. Entonces, Yaakov se despertó, empapado en sudor. Le faltaba la respiración.

—¿Qué pasa, amor? —preguntó Abigail, adormilada.

—Nada, sólo tuve un mal sueño. Vuelve a dormir —contestó para no preocuparla.

Se levantó por un vaso de agua y se dirigió al pequeño balcón del departamento para tomar aire fresco. Se masajeó la frente. Regresó a la cama, pero ya no pudo dormir, estaba intranquilo; un tren de pensamientos transitaba a toda velocidad por su mente. Empezó a sentirse ansioso, pues intentaba que su molestia no comenzara a escalar. No fue la pesadilla la que lo puso así. En su antigua vida había pasado por cosas peores. Era otro sentimiento el que lo atormentaba, uno que ya no lo dejó dormir y lo llevó a actuar a la mañana siguiente.

Sin haber pegado ojo el resto de la noche, muy temprano se bañó y se arregló. No quiso desayunar, sólo se preparó un café. Abigail, revolviéndose entre las cobijas, le preguntó a dónde iba tan temprano. Yaakov le dijo que quería aprovechar la mañana para hacer varios trámites pendientes y que cuanto antes los hiciera, mejor. Aún en la cama, se despidió de ella con un beso y le dijo que la vería más tarde para comer. En cuanto salió de su departamento, tomó su celular y marcó un número.

—Necesito verte en tu oficina, es urgente—. No dijo nada más. Colgó.

El discreto, pero moderno edificio de dos plantas, donde realizaría su *trámite*, estaba a las afueras de la ciudad, en una zona discreta y campestre que le daba privacidad y la hacía parecer un lugar de descanso. Yaakov condujo su Kia negro, modelo 2022, por aproximadamente quinientos metros por un angosto camino hasta llegar a una caseta de vigilancia, donde lo recibió un guardia. Lo observó con cautela, casi con sospecha. Era normal.

—¿Cuál es el motivo de su visita? —le cuestionó de manera tosca.

—Me está esperando el alto oficial *Katsa*, Yatom Abramov —replicó Yaakov mientras le extendía una extraña identificación. El guardia, al verla, no preguntó más y le dio el paso.

Ingresó al edificio con familiaridad; algunas personas lo reconocieron y lo saludaron a la distancia. Al llegar a la recepción, tuvo un extraño sentimiento. Por un momento se cuestionó qué carajos estaba haciendo ahí, estuvo a punto de darse la media vuelta e irse, pero se detuvo cuando un hombre entrado en sus sesentas, con cabello entrecano y vestido con un traje impecable, que portaba un gafete con insignias oficiales, se le acercó a saludarlo. Mostraba algo de sorpresa ante su presencia.

—¿Yaakov? ¿Qué haces por acá, hermano? ¿No me digas que tan pronto te cansaste de tu retiro? —dijo levantando el entrecejo, mientras le daba un fuerte apretón de manos.

—Nada de eso, Ben —contestó negando con la cabeza.

—Mis días en la agencia terminaron. Sólo vine a visitar e intercambiar un par de chismes con mi buen amigo Yatom —sonrió, restando importancia al asunto. Charlaron un par de minutos y se despidió del hombre de traje.

—No olvides llamarme un día de estos para ir por esa comida que dejamos pendiente —le dijo a Yaakov.

Una joven recepcionista le indicó el camino hasta la oficina de Yatom. Era un largo pasillo. Mientras caminaba, una andanada de recuerdos de su antigua vida se le vino encima, como si hubieran pasado ayer. Tantas vivencias, tantas experiencias. No había sido fácil tomar la decisión de retirarse, pero algunas circunstancias, entre ellas su frágil estado emocional, lo obligaron a ello. De haberse quedado un año más, la bomba de tiempo habría estallado con efectos devastadores.

Yaakov había sido, durante un poco más de treinta años, un agente especial del Mossad, la enigmática agencia de inteligencia de Israel, encargada de llevar a cabo operaciones encubiertas, espionaje y contraterrorismo, no sólo en la región, sino en gran parte del mundo. Fue un agente destacado, participó en misiones de gran importancia y en algunas estuvo a punto de perder la vida. Debido a su experiencia, se llegó a posicionar como un oficial de alto rango dentro del críptico departamento de recolección de información secreta del Mossad, adquiriendo el rango *katsa*, que en hebreo es un acrónimo de oficial de información. Pero, por todo este prestigio y experiencia, Yaakov tuvo que pagar un alto precio. Su estado anímico y emocional se fue mermando con el paso de los años. Le costó un divorcio y la pérdida de más de una amistad y relación familiar. Siempre había sido un hombre de carácter fuerte y estricto; sin embargo, el alto grado de exigencia y estrés que conllevaba pertenecer al Mossad lo fue convirtiendo primero en un hombre malhumorado y luego en un energúmeno violento. En más de una ocasión fue acusado de tortura y pesaban sobre él algunas sospechas de asesinato cometido en contra de criminales y terroristas capturados como parte de misiones que les eran asignadas. Nunca le pudieron probar nada.

El punto crítico llegó en una ocasión en que estuvo a punto de matar a golpes a un colega de la agencia. El hecho tuvo lugar durante una reunión de trabajo en la que se analizaba un tema delicado. Era necesario tomar decisiones de fuerte impacto. Yaakov proponía una determinada línea de acción con la cual David Mizrachi, también agente de rango, no coincidía, cosa que dejaba ver con sorna y soberbia. Entre ellos dos ya había antecedentes de una mala relación, causada en gran medida por el comportamiento mordaz y altanero del agente David, quien, por celos profesionales, parecía empeñado en buscar la ocasión para hacer quedar mal a Yaakov frente a sus superiores. Conocía el punto débil de su temperamento.

—Tenemos aquí a este sujeto que quiere venir a darnos lecciones de moral e indicaciones de cómo debemos adecuar nuestras actuaciones a las recomendaciones de la comisión de derechos humanos para evitar interferencias que afecten el desarrollo de la misión, cuando él es el primero que se las pasa por el *arco del triunfo.* Es como si un orangután pretendiera dar lecciones de comportamiento al entrenador del zoológico —se escuchó una fuerte carcajada grupal.

—Por cierto, ¿ustedes saben cómo felicita Yaakov a su esposa en el día de su cumpleaños? Pues con un puñetazo en el *hocico* —continuó David como si estuviera en una rutina de *stand up*, soltando una risa estridente.

Fue la llamarada que hizo reventar la olla de presión. Con un movimiento ágil y sorpresivo, impulsado por la explosión de adrenalina que recorría su cuerpo, Yaakov se abalanzó sobre su colega, derribándolo de un codazo que le hizo añicos la nariz. Ya estando encima de él, de manera irónica, se convirtió en un primate que soltaba puñetazos a una intensa y descontrolada rapidez sobre el rostro de David. La expresión facial de Yaakov se había convertido en una máscara de terror. Sus ojos color avellana parecieron tornarse carmesí, casi al borde de escapar de sus cuencas. Un instante más sin la intervención de los ahí presentes para detenerlo, habría dejado a David como un retrato viviente de un Picasso, con fuerte influencia de Stephen King.

David pasó una semana en terapia intensiva a causa de la brutal golpiza. Yaakov fue suspendido de su cargo por dos semanas. Se salvó de ir a la cárcel, pues su abogado argumentó que el ataque había sido provocado por la propia víctima, tal como se observaba en las cámaras de seguridad. Solo se le condenó a pagar una cuantiosa indemnización. A partir de ese incidente, se convirtió en una especie de anacoreta. Muchos de sus compañeros lo trataban con temor reverencial y procuraban evitarlo en la medida de lo posible. Cada día que pasaba, le resultaba un calvario manejar el estrés y las presiones del puesto. Sufría ataques de ansiedad e ira. Cualquier circunstancia, por mínima que fuera, lo transformaba en un energúmeno. Todo esto contribuyó a su ruptura familiar y a un divorcio caótico, con orden de restricción incluida.

Fue gracias a la intervención de uno de sus mejores amigos, Yatom Abramov, oficial superior de alto rango dentro de los *katsas*, quien logró rescatarlo de la estación de no retorno y presentarle a una excelente terapeuta: Tamar Friedman, especializada en trastornos explosivos intermitentes, que fue el diagnóstico clínico dado a Yaakov. A lo largo de los años, ambos habían formado una intensa amistad, solidificada por infinidad de experiencias compartidas. Eran de la misma edad y gustos similares. Yatom llegó a ser el único que lograba apaciguar la ira endemoniada que poseía a Yaakov y hacerlo entrar en razón durante sus crisis. Fue él quien lo instó a liberarse de aquello que lo estaba destruyendo.

El Mossad le concedió el retiro anticipado con todas las prestaciones, tomando en consideración no solo el diagnóstico dado, sino también sus años de servicio y su aportación a la agencia. A partir de ese momento, Yaakov se sometió a una terapia de rehabilitación intensiva, una que le ayudaría a enfrentar una encarnizada lucha contra sus demonios principales: la ira y la venganza.

Al encontrarse con Yatom, se saludaron con un efusivo y sincero abrazo. Hacía ya un par de meses que no tenían contacto.

—Qué bien te ves, hermano —le expresó Yatom.

Intercambiaron un par de palabras sobre esto y aquello, nimiedades para entrar en el fondo del asunto. Lo invitó a sentarse. Su oficina era amplia. Había un ventanal con una vista panorámica. A lo lejos se alcanzaba a observar la antigua ciudad de Jerusalén. Era como ver el pasado a través de un mirador futurista. El escritorio era grande y de un cristal negro. Como era de esperarse de la oficina de un agente de inteligencia de alto nivel, en ella estaba incorporada una enorme pantalla táctil en el centro. En la esquina opuesta de su escritorio, se encontraban un par de computadoras y dos monitores alargados que desplegaban una serie de caracteres alfanuméricos que bien podrían parecer un lenguaje alienígena. Daba la impresión de ser la oficina de un sofisticado corredor de bolsa de Wall Street.

—Cuéntame, hermano, ¿qué te trae por aquí? Debe ser algo muy importante para que el gran Yaakov haya tenido que salir de su cielo para entrar de nuevo en la boca del infierno —le dijo con algo de sarcasmo y, más que otra cosa, sintiéndose intrigado.

Yaakov carraspeó al tiempo que se frotaba la frente. Titubeó. Fue hasta ese momento que advirtió que, a pesar de ser una nimiedad casi infantil, si no lo exponía, terminaría convirtiéndose en una obsesión que no lo dejaría en paz.

—Cuéntame —lo alentó Yatom.

—Verás, cuando termine de contarte, con toda justificación puedes llegar a pensar que he terminado de enloquecer y que de nada me han servido las terapias. Pero estoy seguro de que podrás entender mis motivos, ponerte en mis zapatos —manifestó encogiéndose de hombros.

—Me pasó algo tan extraño, que por un momento llegué a dudar de mi propia cordura. Pero, aun así, necesito que me ayudes a comprobar que no me estoy volviendo loco —le dijo mirándolo directo a los ojos.

Yatom se mostró expectante y, con su expresión, lo apuró a proseguir.

—Pues aquí te va, hermano.

A lo largo del relato de lo sucedido, el rostro de Yatom reflejó diversas expresiones, desde incredulidad y desconcierto hasta un par de risas que intentó disimular al máximo, consciente de la sincera preocupación de su interlocutor y sin querer que pensara que se estaba burlando. Al terminar, Yatom se quedó pensativo, cruzó los brazos y frunció un poco el ceño. Repasó los datos con su mente analítica y llegó a la misma conclusión que Abigail: todo indicaba que fue víctima de una broma pesada.

—Coincido —dijo Yaakov—. Pero ¿por qué me eligieron a mí? Y si fue una mala broma, ¿por qué no dio la cara el bromista? O, mejor dicho, ¿por qué no pude encontrarlo? —expresó con frustración, revelando así la herida en su orgullo. No podía creer que a un ex agente del Mossad lo hubieran sorprendido de una manera tan vil y estúpida.

Yatom trató de restarle importancia al asunto, intentando convencerlo de que, lejos de verlo como una humillación, lo tomara como algo chusco, aplicándole el viejo adagio de que aún al mejor poeta se le enredan las palabras.

—Mira, Yatom, no vine aquí para desahogar mis penas. El verdadero motivo es otro —manifestó con tono serio y tajante. Yatom pareció adivinarlo. Se quedó muy serio.

—Te voy a hacer una petición que puede parecer demencial. Necesito tu apoyo, hermano. Quiero averiguar quién fue el cafre que arrolló mi paz mental y se dio a la fuga de manera impune. Si no lo descubro, no estaré tranquilo y no quiero que se convierta en una obsesión enfermiza. He avanzado mucho en mis terapias como para que algo como esto me haga retroceder.

—Te voy a ayudar. Cuenta con mi apoyo.

—Gracias, hermano.

—Dime exactamente el lugar y la hora aproximada en que sucedieron los hechos.

El *Centinela de los mil ojos* era el sofisticado sistema de monitoreo con cámaras de video que el Mossad había instalado en todo Israel y, por supuesto, en cada esquina y rincón de Jerusalén. Todo y todos eran observados. La invasión de la privacidad era la especialidad de la casa, un mal necesario en una región en constante conflicto y peligro de ataques terroristas. Mucho estaba en juego en la ciudad *Santa*, donde el demonio siempre anda suelto. Como si pidiera un vaso con agua, Yatom tomó el teléfono y ordenó que le trajeran los videos del lugar, fecha y hora proporcionados por Yaakov.

En menos de cinco minutos, un oficial de apellido Biton, llamado Elías, entró en la oficina. Yaakov lo reconoció, aunque durante su tiempo en la agencia fue poco el trato que tuvo con él, ya que Biton había ingresado pocos meses antes de su salida.

El oficial lo saludó con cierta familiaridad y respeto. Sostenía una tableta que, por indicaciones de Yatom, enlazó a una pantalla de setenta pulgadas instalada en uno de los extremos de la oficina, en lo que daba la apariencia de ser una pequeña sala de descanso con dos alargados sillones y una mesa de cristal en el centro. Yatom les indicó que se acomodaran ahí. Se sentaron y el oficial manipuló la tableta. Enseguida apareció en pantalla un menú con varias opciones, similar a lo que despliega YouTube para seleccionar un video. Yaakov no ocultaba la impaciencia y el nerviosismo expectante en su rostro. Entrelazaba las manos. Yatom lo observó por un instante y luego dio la instrucción al oficial para que reprodujera el video.

El video mostraba una toma amplia del callejón al que había llegado Yaakov. Se observaba el lugar rodeado de pequeños locales comerciales y restaurantes con terrazas. Dentro de la imagen, se alcanzaba a ver la iglesia del Santo sepulcro y otras construcciones y edificios históricos de la zona. Yaakov se levantó y se dirigió hasta la pantalla para indicarles la trayectoria que siguió en el lugar, hasta el punto exacto donde se sentó a leer su novela, pues en el video aún no aparecía a cuadro.

—Por favor, adelanta un poco —apuró al oficial Biton. Este lo hizo hasta que, entre el variopinto grupo de personas, se alcanzó a distinguir a Yaakov caminando. Como si estuviera viendo una jugada clave en un partido de fútbol, se quedó estático. Expectante. Tragó saliva. Se vio a sí mismo sentarse, dar un trago a su botellita de agua y concentrarse en su lectura. Fue entonces que el demonio apareció en pantalla.

A escasos metros de donde estaba Yaakov absorto en su lectura, sentados en una banca de piedra alrededor de varios pinos que les daban sombra, se encontraba un pequeño grupo integrado por tres jóvenes, de entre veinte y veinticinco años. Dos mujeres de cabello rubio, atractivas. Una vestía un corto y ligero vestido floreado y la otra una blusa ajustada de tirantes y un short blanco. El tercero era un hombre, ubicado en medio de ellas. Vestía una playera negra y shorts caqui. Llevaba un ridículo corte de cabello similar al de un aborigen de las Amazonas. Cabello negro, rostro redondo y cejas pronunciadas. No muy alto de estatura. Era algo apuesto, pero su petulancia se notaba a leguas. Daban toda la pinta de ser turistas estadounidenses, como después comprobaron.

El joven sostenía una guitarra acústica y aparentaba dar una serenata a sus dos acompañantes, quienes se mostraban risueñas y coquetas ante las desafinadas notas del sujeto. Mientras tocaba algunos acordes en su guitarra, observó con atención hacia donde estaba Yaakov, soltó una leve sonrisa mostrando sus dientes como de ardilla y miró a sus acompañantes, haciéndoles una seña. Ellas asintieron, como si le hubieran leído la mente. Hizo otra seña a un sujeto de piel apiñonada vestido con una playera blanca de tirantes y pantalón negro, ubicado al otro extremo, casi enfrente de Yaakov. Este sujeto fingía estar mirando la pantalla de su celular, pero en realidad preparaba el modo de cámara de video para grabar. Estaba listo. Los tres soltaron una cómplice sonrisa.

Sin dejar de cantar, el sujeto con el cabello de aborigen se levantó de su asiento y, detrás de donde estaba sentado, sacó un balde negro. Con sigilo y sorprendente agilidad, caminó hasta donde estaba Yaakov, rodeándolo para quedar justo detrás de él. En ese momento, Yatom pidió al oficial que hiciera un acercamiento para enfocarse en los sujetos.

Con una rapidez inusitada, colocó el balde sobre la cabeza de la víctima y, con la palma derecha de su mano, tomó impulso y le dio un golpe al costado que sonó como una muda campana. Dando zancadas como si fuera una gacela, regresó a su lugar. Con gran prontitud, la mujer del vestido corto le pasó la guitarra y, disimulando, siguió con su nefasta serenata. Trataron de maquillar su vulgar travesura con unas sardónicas sonrisas. Fue todo tan rápido que nadie de los que estaban alrededor advirtió el hecho, o tal vez ni siquiera les importó.

Casi al mismo tiempo, Yaakov se levantó de un brinco como un gato asustado, quitándose el balde como si tuviera encima una araña gigante. De haberlo hecho unos segundos antes, habría alcanzado a ver al agresor. Su rostro estaba desencajado, su mirada feroz, como la de un depredador buscando a su presa. Movía la cabeza en todas direcciones, como si siguiera el ritmo de una canción de *heavy metal.* Comenzó a correr por todo el lugar como tratando de huir de la confusión de un desastre. Los siniestros bromistas hacían esfuerzos sobrehumanos para no soltar la carcajada ante la reacción de Yaakov, que corría por todo el lugar como gallina decapitada, mientras las demás personas lo observaban con la clara lectura en el rostro de ¿A este loco qué le pasa?

El cómplice que continuaba grabando en video optó por guardar su teléfono y entrar con disimulo al café de la esquina, pues Yaakov pasó junto a él y lo miró con ojos asesinos, pero siguió de largo. El video continuó hasta la parte en que Yaakov recobró la compostura y se alejó del lugar. El oficial Biton estaba por poner pausa, pero Yaakov lo detuvo; quiso seguir viendo la escena final.

Cuando los tres jóvenes vieron que el peligro se había alejado, comenzaron a retorcerse de risa, casi de manera histérica, como maniáticos. Se escuchaban unos alaridos nasales disonantes. El sujeto de la playera de tirantes se acercó y se unió al grupo de bufones que celebraban con lágrimas en los ojos su fechoría.

Yaakov estaba pegado a la pantalla. Mirada perdida, parecía un maniquí. Yatom y el oficial se miraron.

— Yaakov, ¿estás bien? —le preguntó. Pareció despertar de su trance. Sacudió un poco la cabeza. Se llevó la mano a la frente. Se quedó serio.

— Y bien, ¿qué piensas? ¿Crees que con esto ya podrás estar tranquilo? —inquirió Yatom, arqueando las cejas, expresando sincero interés.

—Supongo —contestó, encogiéndose de hombros. La expresión de su rostro estaba vacía. No podía decirse lo mismo de Yatom y el oficial Biton, quienes apretaban los labios mientras sus mejillas comenzaban a sonrojarse. Yaakov los observó.

—¿Qué diablos se le puede hacer? Supongo que ahora me tocó hacer de bufón del destino —dijo con un gesto de resignación. Como si fueran ollas de presión, los agentes del Mossad estallaron en una carcajada. El oficial Biton trataba de disimular la risa lo más que le era posible, agachando el rostro y llevándose la mano a la boca. Yatom hizo poco por contenerse. Se contorsionaba de risa. Por unos instantes, Yaakov los observó con incredulidad, hasta que se vio obligado a soltar una fuerte carcajada, que a diferencia de la de los otros dos, no era de júbilo ni de gozo.

—Discúlpame, hermano. No lo pude evitar. No lo tomes a mal ni como burla, pero es que esto que te pasó es tan extrañamente ridículo que, el hecho en sí mismo, es lo que causa gracia —le expresó Yatom, escondiendo el verdadero motivo de ello, que no era otro más que ver a su antiguo colega, un distinguido e iracundo oficial de inteligencia, quien escapó de todo tipo de peligros, ahora presa de una broma tan estúpida, con un balde en la cabeza, corriendo como un loco por el lugar.

Estaba haciendo un esfuerzo sobrehumano por no soltar una nueva carcajada.

—Vaya que sí fue gracioso, eh —contestó, mientras observaba al oficial Biton, quien, con una sonrisa de oreja a oreja, trataba de distraerse manipulando la tableta. Yaakov soltó una forzada carcajada y puso su mano sobre el hombro de Yatom, esforzándose por aparentar que ahora todo le parecía una chusca jugada del destino que había que tomar con ligereza. Fue entonces que la secretaria los interrumpió para avisarle a Yatom de una llamada importante en su teléfono principal.

—Discúlpenme un momento, tengo que atender —se disculpó.

Yaakov, aun riendo y aprovechando que su antiguo compañero se había ocupado, con algo de ligereza como si se tratara de una plática trivial, cuestionó al oficial Biton acerca de las capacidades técnicas de la tecnología de vigilancia que en estos días utilizaba el Mossad.

—¿Qué tan desarrollado está el algoritmo y las bases de datos para la identificación a través del reconocimiento facial? ¿Ya se modernizaron? ¿O aún seguimos dependiendo de nuestros amigos del FBI? —cuestionó con tono desafiante. Biton sonrió, mordiendo el anzuelo.

—¿Quieres una muestra? —contestó con actitud presuntuosa.

—En este mismo momento te voy a dar una pequeña demostración de nuestro poderío. Aquí te va santo y seña de aquellos que te jugaron la broma. Yaakov fingió incredulidad. Entrecerró los ojos.

El oficial manipuló su tableta, abrió de nuevo el archivo de video y, con las yemas de los dedos, acercó el rostro del guitarrista de cabello aborigen. Hizo clic sobre él y, de inmediato, aparecieron unos caracteres alfanuméricos en la parte superior de la pantalla. A los pocos segundos, se abrió un recuadro que comenzó a desplegar una serie de datos y fotografías adicionales que el oficial Biton revisó en una nueva pestaña.

—Aquí lo tienes —dijo con aire triunfal—. El bromista se llama Justin Richards, de veintitrés años, originario de Riverside, California. Es estudiante de programación en la Universidad de California y, vaya —hizo una pausa—, ¿qué tenemos aquí? Nuestro amigo resulta ser toda una celebridad. Tiene un canal de YouTube con más de cinco millones de suscriptores y, como te imaginarás, se dedica a hacer videos virales de todo tipo de bromas y retos extravagantes. Su canal se llama *Mr. Justin Hacks.* Se da el lujo de viajar por todo el mundo, pues está haciendo una fortuna con sus videos.

Al decir esto último, el rostro de Yaakov se encendió y sintió cómo su pecho comenzaba a calentarse. «¿Así que ahora me tocará a mí ser la nueva sensación viral de este gran hijo de perra?», pensó para sí mismo. Biton adivinó su reacción.

—Despreocúpate, no creo que publiquen el video sin tu autorización. Al ser un canal tan famoso y grande, se ha visto obligado a obtener el consentimiento legal de la parte involucrada en cada broma o reto. Según el informe, en el pasado ha enfrentado un par de fuertes demandas legales por publicar sin autorización. Es evidente que a ti no te pidieron anuencia. Con toda seguridad, se asustaron con tu reacción —sonrió.

Yaakov pareció tranquilizarse. Sonaba lógico.

—Sus otros tres acompañantes forman parte de su equipo. La mujer del vestido corto se llama Delia Johnson, de veintidós años, originaria de Palm Beach, California. Es la compañera sentimental de Justin. La otra mujer se llama Susan Alva, de veintitrés años, originaria de Mesa, Arizona. El sujeto que estaba grabando el video se llama Tim Araya, originario de Dallas, Texas. Es el mayor, con veintiséis años.

Continuó manipulando su tableta y comenzaron a desplegarse fotografías de los influencers, así como registros de entrada al país y sus respectivos pasaportes. La vigencia del permiso de la visa que se les otorgó fue por una semana, del cuatro al once de agosto de dos mil veintidós. Mañana regresan a Los Ángeles en el vuelo de las 10:30 a.m. de American Airlines. Se están hospedando en el *David Citadel Hotel* y, si te interesa saber qué desayunaron, también te lo puedo decir —dijo con suficiencia—. ¿Impresionado?

—Bastante.

Yaakov sintió alivio, como si fuera un prisionero liberado de una diminuta y claustrofóbica celda de piedra. Obtuvo lo que buscaba. Tal vez ahora ya podría descansar, al menos así lo pensó de manera fugaz.

—Disculpen si me entretuve más de lo previsto —señaló Yatom al regresar—. Ya sabes cómo es esto, estimado Yaakov.

¿No me digan que siguen viendo el video?

—No, ya con una vez tuve. Tampoco soy masoquista —replicó Yaakov sonriendo.

—Aquí nuestro buen amigo me estaba mostrando las capacidades técnicas del *centinela de los mil ojos*. Impresionante. El poder de ver y saberlo todo al alcance de la mano. Recuerdo cuando, en nuestros tiempos, teníamos que plantarnos durante horas frente a lo que considerábamos como sofisticados equipos de cómputo para realizar labores de inteligencia que hoy se realizan en segundos.

—Y eso que no has visto nuestros últimos juguetitos. Pero eso, mi estimado Yaakov, es secreto de estado —observó de reojo al oficial Biton y sonrieron.

—Pero bueno, señores, no les quito más su tiempo. Ya distraje en nimiedades al sofisticado aparato de espionaje israelí de tareas de real trascendencia. Me siento incluso, hasta algo apenado.

—Te acompaño hasta la salida, hermano —dijo Yatom.

Yaakov se despidió con agradecimiento del oficial Biton, dándole un fuerte apretón de manos.

Mientras caminaban por el pasillo, Yatom mostraba sincera preocupación por su antiguo colega. Le interesaba saber si con lo visto en el video se quedaba tranquilo o solo había servido para incrementar su ansiedad.

—No te lo quise decir, hermano, pero cuando llegaste se te

veía desencajado, nervioso. Pensé que estabas pasando por algo más difícil. Claro, no es que esté restando importancia al malestar y ofuscación que te generó esa mala jugarreta —le refirió mientras lo tomaba del brazo.

—No te preocupes, ya me siento más tranquilo. Te debo confesar que sí estaba muy ofuscado, pues me preocupaba que se tratara de una advertencia o amenaza en contra mía o de mi familia por alguna deuda pendiente del pasado. Más de uno está en fila para cobrársela. Pero al ver que ha sido una broma de unos insensatos púberes *en estado criogénico*, es como si se hubiera liberado un gran peso de mí. Solo necesitaba saber qué diablos había pasado, quitarme esa incertidumbre y tú, gran amigo, me has ayudado de una manera que no te puedes imaginar. Te debo una —manifestó apretando los labios y tomándolo del hombro. Yatom se alegró.

—Ya sabes que para eso estoy, hermano, en cualquier lugar y momento.

Se despidieron con un fuerte abrazo y quedaron en llamarse el fin de semana para ir con sus respectivas parejas a comer a algún lugar. Deuda pendiente de tiempo atrás. Mientras caminaba hacia el estacionamiento, Yaakov observó su reloj. Eran las 13:27 del miércoles diez de agosto. El cielo comenzaba a nublarse. A pesar de ello, se sentía caluroso.

Ingresó a su vehículo y se quedó pensativo. Repasó el incidente visto a través de la lente del video que ahora estaba grabado en su mente. Sonrió y, de manera intempestiva, comenzó a golpear el volante, que estuvo a punto de doblarse ante los embates. Maldecía, con la quijada dura como el acero, ojos encendidos, fiel retrato de un perro rabioso.

Tomó aire, hizo un gran esfuerzo por tranquilizarse y puso en práctica varios de los ejercicios dados por su terapeuta. Estaba teniendo una brutal lucha interna con el *demonio de la ira* que se encontraba a punto de salir del cavernoso agujero en el que moraba. Le propinó una estocada de estoicismo que lo hizo retroceder y volver a su escondite.

— «No puedo dejar que esto me arruine» —habló para sí.

Puso su mente en blanco, volvió a respirar hondo y encendió su Kia. Se retiró del lugar.

Llegó a su departamento y Abigail no estaba. Le marcó a su celular.

—Tendré una tarde bastante atareada, amor. Vamos camino a una comida con unos clientes importantes y de ahí, a una presentación de un proyecto con varios inversionistas. Ya sabes cómo es esto —se disculpó.

Abigail era una exitosa agente de bienes raíces, que estaba escalando muy rápido dentro del ramo. Su tenacidad y profesionalismo eran de las cualidades que más admiraba en ella.

—¿Te importa comer solo?

—No te preocupes, de cualquier forma, no tengo mucha hambre. Quiero descansar un poco —dijo con ligera pesadumbre. Ella lo advirtió—. ¿Estás bien? ¿Tuviste algún contratiempo en tus trámites?

—Pues más o menos, ya ves que de vez en cuando te topas con burócratas que te echan a perder el día. Nada de qué preocuparse. En la noche platicamos.

Yaakov se echó en un sillón e intentó leer un libro, lo cual le resultó imposible; no podía concentrarse. Decidió acomodarse en su escritorio. Un impulso lo llevó a abrir su laptop e ingresar a YouTube. Se recriminó por hacerlo. La curiosidad se estaba volviendo insoportable. Se justificó como el borracho que dice *la última y nos vamos*. Parte de cerrar el círculo. Ingresó en el buscador el nombre de *Mr. Justin Hacks*. Reflexionó por unos instantes antes de dar clic en el ícono con forma de lupa.

Se desplegó la página principal. El logotipo del *Youtuber* estaba estilizado con letras modernas y tonos llamativos. Apareció una fotografía de Justin con su gran sonrisa de imbécil. Por lo visto, el corte de cabello de aborigen de las amazonas era parte de su sello personal. Sintió una punzada en la boca del estómago. Navegó por toda la página, tapizada de cientos de videos. El indicador marcaba más de setecientos subidos a la plataforma. En algo se había equivocado el oficial Biton; el conteo total de suscriptores estaba próximo a llegar a los seis millones. Por lo visto, la fama del nefasto *influencer* estaba subiendo como la espuma.

Navegó por la sección de videos más recientes. Sintió alivio al ver que no estaba publicado el video en donde participó como el payaso principal. Aún. Observó los títulos de los videos con más vistas: *No creerás la reacción de esta anciana al confundirla con una estrella de cine*; *El engaño del pastel de chiles disfrazado como de deliciosas cerezas*; *Fingí ser un amante despechado y no podrás creer su reacción*; *Descubre qué países tienen la mejor reacción a bromas pesadas*; *Cómo cuando ir de compras se convierte en tu peor pesadilla.* Le llamó la atención ese título e hizo clic.

En el video se observaba la forma en que Justin y su equipo jugaban pesadas bromas a clientes en tiendas departamentales y supermercados en varias ciudades de Estados Unidos. A un pobre hombre que iba caminando por la sección de colchones de una tienda departamental lo sorprendieron por la espalda mientras estaba agachado viendo los precios. Le lanzaron encima un gigantesco y pesado oso de peluche. El sujeto cayó al suelo, quedando desorientado y sin saber qué había pasado. Por instinto, peleaba desesperado con una enorme masa peluda. La fechoría en este caso fue cometida por Tim, quien, con disimulo, hizo como si nada hubiera pasado, acostándose en uno de los colchones fingiendo ser un cliente más.

En otra parte del video, se observaba a un joven con aspecto de ratón de biblioteca, lentes pasados de moda de armazón grande y de aspecto enjuto, en la sección de libros, hojeando algunos títulos. Al poco tiempo, aparece en escena Delia, la novia de Justin, quien se aproxima al sujeto, vestida de manera provocativa con atuendo de gimnasio entallado, dejando poco a la imaginación en cuanto a la forma de sus atributos físicos. Se observa la manera en que comienza a cortejarlo con insinuaciones sensuales, acercando su rostro, hasta terminar diciéndole unas palabras al oído. No había que ser adivino para advertir que el pobre individuo jamás había estado tan cerca de una mujer de esas características. Estaba extasiado, desarmado por completo ante los encantos de esa seductora endemoniada.

El efímero encanto amoroso se hizo añicos cuando, sin aviso previo, apareció en escena Justin, vestido como un mafioso de la serie *Los Soprano*, haciendo un gran escándalo y gritando como un orangután.

—¿Así que este es el hijo de perra con el que te estás acostando? ¿Eh? —aullaba con una patética imitación del acento de *El padrino*. Delia fingía confesar el adulterio, ante lo cual, el introvertido *friki* reaccionaba con extremo nerviosismo.

—¡No es verdad, no es verdad! ¡Yo ni la conozco! —gimoteaba con la voz entrecortada y atropellada. Delia lo abrazó.

—Es hora de confesar nuestro amor y enfrentar a este patán. Me lo prometiste.

—¿Ah sí? ¡Pues hasta aquí llegaste, cerdo! —dijo Justin al tiempo que desenfundaba una pistola. En el rostro del sujeto apareció una expresión de terror extremo y, con un alarido, aventó a Delia, salió corriendo y terminó estrellándose contra un estante de libros. Delia y Justin reían como maniáticos.

Yaakov se llevó los dedos al puente de la nariz y negó con la cabeza. Estaba por quitar el video cuando apareció otra escena, en donde se observaba a un sujeto canoso, entrado en sus cincuenta, con aspecto de miembro de un club de motociclistas, cara de pocos amigos. Estaba concentrado observando algunas cosas en un amplio pasillo de lo que parecía ser una tienda departamental de artículos para reparación del hogar. Fue entonces que aparecieron en escena Justin y Tim.

El primero de ellos se quedó en la esquina del pasillo sosteniendo un diablo de carga con una caja grande de cartón, mientras que Tim se acercó y se puso a su lado para distraer su atención y permitir que Justin entrara en acción. El sujeto estaba colocado del lado derecho del pasillo, mientras que, con gran maestría para el sigilo, Justin avanzaba por el lado izquierdo con el diablo de carga y la caja. Quedó colocado justo detrás del hombre canoso.

Fue entonces que Tim tiró intencionalmente una herramienta al piso, lo que causó que el hombre volteara ante el escándalo que hizo. Aprovechando el descuido, Justin tomó la enorme caja vacía y, con impulso, la lanzó encima del sujeto, pero no tuvo éxito, pues, gracias a un buen reflejo, el hombre evitó que la caja lo cubriera hasta la mitad del cuerpo, que era la verdadera intención. La detuvo y, tomándola con sus manos, la partió en dos. De inmediato volteó a donde estaba parado Justin.

No se necesitaba ser un genio para advertir quién había sido el agresor.

El hombre levantó la guardia como si fuera un boxeador y tomó posición de ataque para lanzar el primer golpe al rostro de Justin, quien, al advertir el peligro, comenzó a emitir unos detestables lloriqueos y berreos como si se tratara de una versión caricaturizada de un bebé gigante.

—¡Quiero a mi mami, *buah, buah*! ¡¿Dónde está mi mamá, *buah, buah*?! —decía con voz gangosa, contorsionando de manera exagerada el rostro, aparentando tener un retraso mental, lo que sobresaltaba con la forma en que hinchaba su hocico con dientes de mazorca y un espantoso corte de cabello, con lo cual logró confundir al hombre, quien ya no supo cómo reaccionar, imperando en él la prudencia de no ir a empeorar las cosas al golpear a una persona afectada de sus facultades mentales. Confundido y ofuscado, pataleó la caja de cartón y se fue profiriendo todo tipo de maldiciones. Cuando el tipo se alejó lo suficiente, Justin y Tim se dejaron caer al piso, revolcándose de la risa como si estuvieran tratando de quitarse un enjambre de avispas de encima. Yaakov de inmediato se vio reflejado en el hombre canoso.

Apagó el video. Se le nubló la vista. Un intenso calor recorrió su cuerpo. Por momentos, sentía que le faltaba la respiración. Apretó los puños e hizo un último intento por contener al demonio interno que, para entonces, salía triunfante del agujero en donde había estado recluido por largo tiempo. En realidad, era *Belial*, el gran corrompedor. Estaba de regreso. «¿Me habías dado por vencido?» Pobre iluso, «¿qué ganas con resistirte?»

Tomó la laptop y la estrelló contra el suelo. De un manotazo, lanzó la mesa a un lado, dejándola patas arriba en una esquina. Tomó un florero y, como si fuera un pitcher profesional, lo lanzó contra la pared. Ya no seguiría escondiendo sus verdaderos sentimientos. Al diablo con las estupideces que le decía Tamar, su terapeuta. «¿Por qué un hombre debía reprimir sus emociones? ¿Quién demonios era ella para obligarlo a callar su verdadero sentir? ¿Con qué derecho? ¿Por qué debía tomar el incidente como una inofensiva broma y dejarlo pasar como si una mosca se le hubiera posado encima?» Por fin reconocía abiertamente que jamás se había sentido tan humillado en su vida.

Nadie había logrado degradar y arrastrar su moral por las alcantarillas como lo hizo ese miserable de *Mr. Justin Hacks* y su equipo de ratas asquerosas. «¿Cómo era posible que a un agente del Mossad de su categoría, con tantos años de instrucción y experiencia, que había servido a su país con gran honor y decoro, vencedor de obstáculos infranqueables para cualquier mortal, lo hubieran tomado por sorpresa para convertirlo en un vulgar bufón de pueblo medieval? Lo habían dejado en ridículo frente a sus compañeros de armas del Mossad. ¿Qué estaría pensando en esos momentos Yatom de él?».

Se le vino a la mente una lacerante imagen de Yatom en una enorme y atiborrada sala de juntas con los agentes más selectos del Mossad, ordenando al oficial Biton que corriera el video viral más chusco de los últimos tiempos. Observen a nuestro antiguo camarada de armas, el *katsa* Yaakov, correr como un imbécil con un balde en la cabeza. Pudo escuchar las estruendosas carcajadas reventar el lugar. Podía ver los rostros de cada uno de ellos, con las venas de la frente saltadas y las caras color carmesí, asfixiándose de la risa. Se llevó las manos a la cabeza y las arrastró por su cabello. Se movía de un lado a otro, envuelto en un mar de lamento.

—¡No puede ser! —gritaba con la voz entrecortada.

—¡Qué brutal humillación! —decía con lágrimas en los ojos.

Se le vino a la mente su amada Abigail, en una injuriosa escena en el restaurante, en donde el tema para amenizar la velada con sus clientes más importantes sería la bochornosa escena pasada por su pareja. «¿Qué creen que le pasó a mi novio el día de ayer?» Carcajadas. Yaakov apretó la quijada. Sintió vértigo y tuvo una horrible sensación de tener el balde en la cabeza. Comenzó a manotear como un demente tratando de quitárselo de encima. La ofuscación que lo invadía era tal que su mente comenzó a jugarle trucos.

Le pareció escuchar una nefasta risa a sus espaldas. Al girar, se topó con el detestable rostro de Justin, con su espantoso peinado y su ofensiva sonrisa, burlándose de él con el tono gangoso de retrasado mental que había visto en el video. Soltó un fuerte puñetazo al aire que terminó aterrizando sobre una pared de ladrillo. Era tanta la adrenalina que recorría su cuerpo en ese momento que no sintió la cortada que sufrió en uno de sus nudillos, que ahora comenzaba a sangrar.

—«¿Qué estoy haciendo?», se recriminaba. Se llevó ambas manos al rostro y quedó cabizbajo. Así estuvo por unos instantes, hasta que recobró algo de cordura e intentó tranquilizarse y recomponerse. Fragmentos de inteligencia emocional comenzaron a hacerse presentes. Se levantó y se recostó en el sillón. Tomó una bocanada de aire.

—«¿Qué estoy haciendo? No puedo permitir que esto arruine mi vida. De ninguna manera. Soy mejor que esto» —se dijo a sí mismo con estoicismo. Asintió.

—«Pero esto... no se puede quedar así» ...

Tomó una decisión. Le pagaría al líder de los bromistas con la misma moneda. Actuar rápido era de vital importancia, pues el tiempo era limitado. Según la información proporcionada por el agente Biton, los asesinos de su estabilidad emocional abandonarían el país al día siguiente en el vuelo de las 10:30 a.m. Como primer paso para llevar a cabo su plan, era necesario poner en orden su mente y sus ideas, pues debía actuar con precisión, rapidez y pulcritud. Concentración al máximo, no podía cometer ningún error. «Debo actuar como en mis mejores tiempos, como el gran *katsa*, y agente del Mossad que fui y.... sigo siendo», se dijo en voz alta. La primera labor que llevar a cabo era arreglar el desorden que hizo en el departamento, poner la mesa en su lugar, levantar los añicos del florero y esconder su laptop que yacía inservible en el suelo.

Sintió una punzada en el puño. Se curó de manera rápida y eficaz, tal como le habían enseñado. Se lavó la cara con agua fría. Se cambió de ropa y se vistió de negro, incluyendo una gorra. Se calzó unas botas de trabajo del mismo color. Fue hasta el clóset de su habitación, apartó las camisas colgadas, revelando una pared con una textura extraña. Colocó su mano encima y, como por arte de magia, retiró una cubierta de madera, dejando al descubierto una especie de caja de seguridad con combinación digital. La abrió y tomó algunas cosas, entre ellas, una mochila negra y una pistola semiautomática *Walther P99*, pequeña y compacta. Agarró dos teléfonos celulares: uno con apariencia de iPhone y el otro de un antiguo BlackBerry. Verificó que estuvieran cargados, pues así debían estar siempre. Miró su reloj. Eran las 17:48. Ya estaba retrasado.

Todo quedó en orden, como si nada hubiera pasado. Por fortuna, Abigail no era muy observadora, no notaría la ausencia de un florero ni que la laptop no estaba sobre la mesa. De ser posible, llegaría a la tienda para comprar otro. Antes de salir del departamento, hizo tres llamadas desde cada uno de sus teléfonos. La primera fue breve, al *David Citadel Hotel.* La segunda fue para solicitar un par de favores personales a cuenta de una antigua deuda, según mencionó a su interlocutor. La tercera llamada fue a Abigail, a quien le dijo que saldría a cenar con un par de viejos amigos que estaban de visita en la ciudad. Hacía años que no los veía y como tendrían mucho de qué ponerse al corriente, era mejor que no lo esperara para cenar. Esperaba no llegar tarde.

Era el último día en la ciudad. Los Youtubers recibieron una invitación de última hora para asistir al prestigioso centro nocturno *Darkthrone*, uno de los más exclusivos y modernos de Jerusalén, concurrido por todo tipo de celebridades y políticos. Acceso exclusivo y de alto poder adquisitivo. Sería un gran honor recibir a Justin y al equipo de *Mr. Justin Hacks*, grandes celebridades de las redes sociales. Habían dudado en asistir, pues al día siguiente debían tomar temprano el vuelo de regreso, pero qué importaba, eran jóvenes, ricos y famosos. Además, qué tal si se les presentaba la oportunidad de encontrar al protagonista de su próximo video viral. Siempre hay que estar atentos a las oportunidades.

Como era de esperarse, el lugar estaba lleno. Cuando se corrió la voz de que *Mr. Justin Hacks* estaría presente, pocos pudieron resistir la curiosidad de estar cerca de la celebridad del momento, con la esperanza de tomarse un par de *selfies* con Justin, o tal vez aparecer como extras en el próximo estreno en su canal de YouTube, donde un pobre diablo sería avergonzado a cambio de millones de me gusta y vistas.

Les asignaron uno de los mejores lugares, en una zona privada, con trato digno de celebridades. Champagne cortesía de la casa. Justin y Tim bebían como reyes, mientras observaban con orgullo cómo sus novias, Delia y Susan, les bailaban de manera sugestiva y se besuqueaban al ritmo de la música electrónica.

Pasaron las horas y la celebración subía de intensidad, ahora ya acompañados por presuntuosos aduladores. Las bebidas y la comida no dejaban de aparecer en abundancia. Una voluptuosa trigueña con una diminuta minifalda y porte de seductora princesa oriental, a la que Justin ya hacía rato había echado el ojo, aprovechó una canción de ritmo lento y romántico para colgarse del cuello de Justin y hacerle cómplice de un deseo carnal rítmico, aprovechando un descuido momentáneo de Delia. Justin hizo poco por resistir la insinuación, extasiado ante la belleza de la mujer que lo atrapaba, que, como si fuera una bruja, ahora lo envolvía con un derroche de feromonas.

Este gozo se vio interrumpido de manera abrupta cuando, en un arranque de celos, Delia les lanzó encima el contenido de una copa que sostenía en la mano, al tiempo que le exigía a Susan que la acompañara al baño para quejarse del adúltero, no sin antes gritarle en su cara: ¡Cerdo asqueroso!

Con evidente pesadumbre por tener que dejar de lado a la bella *celestina*, Justin trató de detener a su novia para justificarse, pero entre el mar de gente, le resultó imposible alcanzarla. Intentaba abrirse paso, pero los fans que lo reconocían lo frenaban para tocar a su ídolo y pedirle una *selfie*. Cuando por fin pudo acercarse a la zona donde se encontraban los baños de mujeres, ya no la vio. Se asomó de reojo y gritó su nombre un par de veces. Decidió esperarla cerca, pero terminó perdido en la oscuridad del tumultuoso bosque de figuras humanas. Fue entonces cuando sintió que algo lo jaló con fuerza hacia una esquina. Vio cómo una sombra se le puso enfrente y tomó la forma de una enorme silueta humana. No tuvo tiempo de reaccionar. Todo pasó muy rápido. La última sensación que tuvo fue como si le hubieran echado encima un placentero manto somnífero.

Justin comenzó a salir de su parsimonioso letargo. Le zumbaban los oídos, la cabeza le daba vueltas, todo era confusión. «¿Qué había pasado?», se preguntaba a sí mismo. Unas pequeñas punzadas en las sienes anunciaban un inminente dolor de cabeza. Le costaba enfocar la vista. Estaba oscuro. ¿Estaba mirando al cielo nocturno? Pronto se percató de que estaba acostado boca arriba en una superficie terregosa. Se alteró al darse cuenta de que sus manos, que reposaban sobre su estómago, así como sus pies, estaban atados con fuerza. ¡¿Qué diablos?! Comenzó a contorsionarse, a tratar de liberarse. Aún con la vista borrosa, empezó a desesperarse hasta que quedó paralizado al escuchar una ominosa risa a la distancia.

—¿Quién anda ahí? —preguntó con voz temblorosa.

Ahora la risa se convirtió en carcajada. La voz de Justin quedó aprisionada, solo lograba emitir unos lamentables sollozos que servían de combustible a la macabra carcajada.

—¡¿Quién eres?! ¡¿Qué quieres?! —gritaba desesperado.

—Mi buen amigo, Justin. No te imaginas las ganas que tenía de conocerte en persona —soltó una ligera risa burlona —. Se puede decir que soy el karma personificado. ¿Has escuchado alguna vez hablar del karma, Justin? La verdad lo dudo, lacras como tú no conocen esos conceptos tan elevados. Pero no te preocupes, pronto te lo voy a explicar —pronunció una grave voz masculina que salía de entre una sombría silueta que pronto quedó postrada frente a él.

Era una enorme figura masculina vestida con una túnica negra como de fraile. Se echó atrás la capucha para revelar un espantoso rostro cadavérico. Justin sintió que se le salía el alma, no podía respirar. Hizo un esfuerzo sobrehumano para emitir, después de algunos instantes, un alarido de terror.

—Tranquilízate, amiguito, que, si te portas bien, no te haré daño. Más bien te traje aquí para divertirnos un poco. Sí, eso es —dijo soltando una risita.

—Dígame, ¿qué quiere? ¿De qué se trata esto? ¿Qué quiere de mí? —decía Justin llorando, aterrorizado.

—Ya te lo dije, te traje aquí para divertirnos un rato. ¿No es eso a lo que te dedicas? ¿A divertir a la gente?

Justin lo observaba con la expresión en blanco. Confusión total. Temblaba. Con gran esfuerzo, cuando logró hilar palabras, preguntó —¿En dónde estamos?

El enorme encapuchado lo tomó del cuello de la camisa y, como si fuera un muñeco de trapo, lo levantó y lo puso de pie.

—Bienvenido a *Akeldama*, mejor conocido como el campo de sangre —anunció, señalando a lo lejos. Estaba oscuro, pero las luces de la ciudad a lo lejos y el tenue brillo de la medialuna en el cielo iluminaban el desolado paisaje escarpado, rodeado de algunos árboles y arbustos. El hombre dirigía su mano hacia donde se distinguían unas bardas intrincadas o murallas en ruinas que rodeaban una antigua construcción, algo que se asemejaba a un monasterio. El ambiente se sentía frío y lúgubre. Justin experimentó un sentimiento de congoja y perdición.

—Eres un hombre de mundo, Justin. ¿No me digas que nunca has oído hablar de *Akeldama*? —. Justin negó con vacilación, como un alumno que no sabe una respuesta elemental y tiene temor a equivocarse. El encapuchado soltó una carcajada.

—Pues déjame contarte. Estamos en el valle de Hinnom, mejor conocido como el valle del infierno. Justo en este lugar, del que se suele hablar poco, hay una terrible historia de traición y perdición. *Tierra maldita.* Todo esto que ves aquí no es otra cosa que un campo que fue comprado por unos sacerdotes con treinta monedas de plata hace más de dos mil años. ¿Sabes de dónde sacaron ese dinero? Según cuentan los antiguos textos, hubo un hombre llamado Judas Iscariote que, por treinta monedas de plata, traicionó a un hombre que terminó siendo crucificado. Presa de un voraz arrepentimiento, decidió regresar las monedas al templo y pagar su traición colgándose de un árbol. Los sacerdotes consideraron que ese dinero estaba ensangrentado y era indigno de quedarse en las arcas del templo, así que con esas monedas compraron un campo que sería utilizado como cementerio para los indignos. De ahí en adelante, a este lugar se le conoció como el campo de sangre, pues el color de su tierra se tiñó de ese tono y se dice que todo aquel que termine aquí enterrado verá su alma maldita —dijo esto último acompañado de una malévola carcajada. Justin temblaba, sin dar crédito a lo que escuchaba. Por temor, se abstuvo de hacer una pregunta que podría resultar obvia, solo se limitó a pensar para sí mismo: «¿Qué demonios tenía que ver todo aquello con él?» El misterioso hombre pareció leerle el pensamiento.

—Te estoy trayendo a la última atracción turística que verás en tu vida, maldito desgraciado. Qué irónica broma te está jugando el destino, que ahora se ríe a carcajadas a costa tuya, pues vas a ser enterrado vivo en el campo de sangre, en las tierras malditas de *Akeldama* —vociferó con odio reflejado en su voz.

Justin emitió un alarido de terror. El hombre le soltó un fuerte golpe en el estómago, doblándolo y haciéndolo caer de rodillas. Para que no siguiera gritando, sacó de su túnica un trozo de cinta adhesiva que puso sobre la boca de Justin, quien ahora lloraba a cántaros. El hombre lo tomó de los pies y lo arrastró un par de metros. Le ordenó que dejara de lloriquear y que prestara atención a algo que estaba por mostrarle.

—¿Ves eso que está ahí? —señaló a lo que parecía ser una grande y rectangular caja transparente. —Eso es a lo que se le conoce como el *ataúd de Blancanieves* —. El hombre soltó una histérica carcajada, mientras levantaba a Justin como si fuera un costal de papas y lo colocaba en el interior de la caja. Enseguida, estaba una enorme zanja —ahí está tu tumba —le dijo.

Justin estaba aterrorizado, desconsolado, imploraba por su vida, ofrecía toda su fortuna a cambio de su liberación. Súplicas que quedaron ahogadas por el tapón sobre su boca. El hombre con rostro cadavérico procedió a poner la tapa transparente sobre la caja y la aseguró con los enormes pasadores instalados a los costados. Justin se movía desesperado, como si estuviera siendo exorcizado.

El hombre con rostro cadavérico se inclinó y empujó la caja hasta la zanja, que no era muy profunda. Sacó una linterna y alumbró el rostro de Justin, que lucía despavorido. El hombre soltó una carcajada demencial y se apresuró a colocarse al otro lado de la zanja, donde había una pala enterrada en un montón de tierra rojiza.

—Buen viaje. Dale mis saludos a Judas.

Se apresuró a echar tierra sobre lo que era la tumba de Justin, conocido en el mundo de la farándula como *Mr. Justin Hacks. Requiescat in pace.*

Al terminar de echar el último montón de tierra, el hombre se quitó el rostro cadavérico, sacudiéndose el sudor y alzó su mano izquierda para dejar al descubierto su Apple Watch, que indicaba las 11:58 pm. Lo manipuló para activar un temporizador que ajustó a tres minutos. Mientras observaba la cuenta regresiva, Yaakov sentía una enorme satisfacción, como no la había tenido en mucho tiempo. Se podría decir que estaba disfrutando el momento.

El placer de la venganza consumada le daba un éxtasis existencial. Por fin alguien le había dado su merecido a ese irrespetuoso, odioso y antipático *influencer* que se atrevió a dejarlo en ridículo frente al mundo; a él, un alto agente del Mossad que conoció secretos de Estado y participó en misiones dignas de películas de James Bond. Esto que le había hecho a Justin con toda seguridad tendría los efectos de lo que se conoce como terapia de choque. «No le volverán a quedar ganas ni siquiera de burlarse de sí mismo» —pensó para sí con humor.

Recordó con orgullo algunas de las ocasiones en las que, en sus tiempos de *katsa*, había utilizado el método de tortura a través del *ataúd de Blancanieves*. Conocía a la perfección la manera de llevarla a cabo y el tiempo exacto que el sujeto en cuestión debería permanecer enterrado: tres minutos. No más, no menos. La zanja no estaba cubierta en su totalidad y, además, el ataúd contaba con unos pequeños orificios para permitir una leve entrada de oxígeno y evitar la asfixia. Todo se basaba en el terror psicológico para ablandar al enemigo, y qué mejor que utilizar un lugar como *Akeldama* para tales efectos, tan lleno de mitos y leyendas que ellos mismos se encargaron de propagar como semillas de hierba mala.

Antes de que concluyeran los tres minutos, se puso de nuevo la máscara y con prontitud comenzó a retirar la tierra de encima del ataúd. Pensaba liberar de inmediato a Justin. Lo recibiría diciéndole: *Levántate de entre los muertos. Aprovecha esta segunda oportunidad*, para luego ponerlo a dormir, pero ahora con un relajante y no con formol. Lo dejaría a la puerta de su hotel. El pobre diablo jamás sabría qué le pasó y regresaría a su país como un hombre regenerado. Tal vez hasta cambiaría el giro de su canal de YouTube. Cuando terminó de retirar la tierra de encima y observó la cubierta del ataúd, quedó catatónico ante la visión de lo que estaba enfrente. Era algo que jamás había presenciado. Fue un golpe brutal. El ataúd estaba vacío.

Sacó su linterna para alumbrar el ataúd transparente y asegurarse de que la oscuridad no le estuviera jugando caprichosos trucos. Justin no estaba en el interior. No lo podía creer. Se apresuró a quitar los pasadores y retirar la tapa de encima. No había nada. Ahora palpaba el interior como un ciego que intenta encontrar algún objeto con desesperación. Se quitó la máscara y la abultada túnica, lanzándola con violencia a un lado. Sudaba a chorros. El corazón le rebotaba en el pecho.

—¡¿Qué demonios está pasando?! —exclamó llevándose ambas manos a la cabeza.

—¿Qué clase de broma es esta? —gritó enfurecido.

—¡Justin! ¡Justin!

—¿Dónde te has metido, hijo de perra? Déjate de payasadas, que cuando te encuentre, vas a desear no haber nacido.

Pensaba que Justin le estaba jugando una nueva broma, pero luego comprendió que eso resultaba imposible, pues él había planeado todo y nadie más en el mundo conocía su misión secreta. Pronto, el enojo se transformó en una angustiosa preocupación. Comenzó a buscar por todo el perímetro, llamando con desesperación al *Youtuber*. Nadie respondía. Solo se percibía el tenue aire, que respondía con tono de desolación y extraños sonidos de la noche. Regresó varias veces a la tumba e incluso sacó el ataúd de la zanja, pensando que tal vez se había quebrado por alguno de los lados y Justin estaba atrapado entre la tierra. Se puso a escarbar con las manos, como un perro desesperado por sacar su hueso. No quiso usar la pala para no lastimar a Justin en caso de que estuviera bajo la tierra.

—¡Justin! ¡Justin! ¿Me escuchas? ¡Contéstame por el amor de Dios! —gritaba con voz entrecortada. Era inútil. «Ya no sigas buscando entre esta dura tierra», le reclamaban sus ensangrentados dedos. Imposible que Justin se hubiera hundido o corrido a un lado. Ni siquiera en la arena más fina podría haber pasado.

Como si se tratara de una jauría de perros rabiosos, la confusión y desesperación le mordían sin piedad. Comenzó a correr por todo el lugar, adentrándose más en *Akeldama*. Solo encontró más desolación y oscuridad. Le pareció ver un cúmulo de sombras amontonarse en una esquina. Trató de ordenar sus ideas. No podía actuar con desesperación. Lo primero que aceptó fue que era imposible que Justin hubiera escapado del ataúd. Se habría dado cuenta. Ni siquiera Houdini en sus mejores tiempos podría haber realizado semejante truco de escape.

«Pero entonces, ¿dónde estaba Justin? ¿Qué demonios pasó? ¿Acaso había sido devorado por las tierras malditas de *Akeldama*? Imposible». Aquellas supuestas maldiciones no eran más que estúpidas leyendas, incluso blasfemias.

—¡Piensa, piensa! —se exigía a sí mismo. Por ningún motivo podía pedir ayuda. Descartó por completo buscar a Yatom, pues terminaría en prisión, acusado no solo de secuestro, sino también de desaparición forzada, considerado ahora un crimen de lesa humanidad.

—¿Qué hago? —preguntó a la menguante luna, que aún emitía ligeros bostezos de luz. Regresó hasta su automóvil, escondido entre hierbas cerca del lugar. Bebió de un solo sorbo una botella de agua y se recostó en el asiento. Realizó algunos ejercicios de respiración para tranquilizarse y ordenar su mente.

Decidió hacer una última búsqueda, que se prolongó hasta pasadas las tres de la mañana, interrumpida por una llamada de Abigail, preocupada por la tardanza de Yaakov. No era normal en él trasnocharse.

—Perdón, amor. Entre charlas y anécdotas con mis antiguos conocidos, perdimos la noción del tiempo. Ya voy para allá —dijo con fingido tono de estar disfrutando la velada.

La búsqueda concluyó. No podía hacer nada más. En más de una ocasión, en este tipo de misiones, se les había pasado la mano con el adversario. No quedaba otra más que asumir las pérdidas y actuar como si nada hubiera pasado. Al final de cuentas, se habían liberado del enemigo, que, en este caso, había sido el terrorista que atentó contra su paz mental.

¿Podría actuar como si nada hubiera pasado? Lo había hecho toda su vida.

Al llegar a su departamento, hizo el menor ruido posible para evitar despertar a Abigail. Con sigilo, guardó sus cosas en el escondite secreto y depositó la ropa sucia en una bolsa de basura que eliminaría al día siguiente. Escuchó la voz de su pareja llamándolo.

—¿Qué haces, cariño? Ven a la cama —le dijo con voz sugestiva.

—En un momento, me quiero dar una ducha rápida. Estábamos en una terraza donde había muchos fumadores y me quedé impregnado de humo de cigarro.

Lo que en realidad quería quitarse de encima era el sudor mezclado con la tierra rojiza de *Akeldama*, que, al mezclarse con el agua de la regadera, mientras recorría su cuerpo, parecía sangre. Su mente estaba llena de confusión. «¿Dónde diablos estaba Justin? Nadie desaparece así. ¿Acaso el demonio de la ira incontrolada, alimentada por su sed de venganza, le había hecho ver espejismos, alucinaciones, como a un hombre delirante muriendo de sed en el desierto? ¿Acaso se estaba volviendo loco?»

Terminó de ducharse y, para desviar por completo el tren de pensamiento que amenazaba con arrollarlo en cuanto tocara la cama, decidió tomarse una dosis doble de los somníferos que le había recetado su terapeuta. Las intenciones románticas de su pareja quedaron frustradas en el instante en que Yaakov hizo contacto con la almohada.

Jueves once de agosto. Yaakov se despertó tarde. A pesar de haber dormido más de ocho horas, no se sentía descansado. Sueños confusos que no podía recordar del todo turbaron su descanso. Lo único que recordaba, por ser recurrente y que incluso ahora en vigilia lo perturbaba, era la extraña imagen de una sombra trepada en un árbol gigantesco que le daba la sensación de ser observado con aire de reproche. Al despertarse, tuvo la esperanza de que todo lo sucedido la víspera hubiera sido parte de un horrible sueño, pero poco a poco, la realidad le dio una sacudida. Se llevó la mano a la frente. Un fuerte dolor de cabeza lo torturaba. Buscó a Abigail, pero ya se había levantado. No la sintió cuando se fue al trabajo.

Al revisar su reloj, se dio cuenta de que estaba descargado, al igual que su teléfono celular. Le pareció extraño, pues cuando lo dejó en su tocador antes de acostarse, estaba cargado. Sentía mucho calor, como si tuviera fiebre. Decidió darse una ducha rápida con agua fría para sacudirse la flojera. Se vistió con letargo, revisó una vez más su celular y aún no terminaba de cargarse. Fue a la cocina a prepararse algo para desayunar.

Encendió un pequeño televisor instalado a un costado de la barra de la cocina y puso el canal de noticias para ver si mencionaban algo acerca de la desaparición de Justin. Sintió una leve angustia. La dejó encendida y se dispuso a preparar la cafetera y a encender la estufa para hacerse unos huevos revueltos. Mientras lo hacía, comenzó a escuchar unos gritos que provenían de la televisión. Se sorprendió al encontrar reproduciéndose una película grotesca de terror.

«Pensé que había puesto el canal de noticias» se dijo a sí mismo.

Quedó aún más sorprendido al descubrir que cualquier canal que ponía mostraba películas de terror. Decidió apagar la televisión cuando se topó con una imagen en extremo realista de un hombre al que, como si se tratara de un huevo, le partían la cabeza con un pesado marro, desparramando su masa encefálica por todos lados.

—Lo que me faltaba —se quejó.

Estaba tomándose una taza de café, recobrando por fin algo de tranquilidad, cuando su celular comenzó a sonar. Se levantó a por él. Le pareció muy extraño el número que apareció en pantalla: *666-666-666*. Decidió ignorarlo. Ese tipo de números con configuración extraña o caprichosa, por lo general, eran de promociones u ofertas indeseadas, o bien, intentos de fraude. Estaba a punto de llamar a Abigail cuando de nuevo recibió una llamada del mismo número. Se quedó pensativo y decidió contestarla. En cuanto puso la bocina en su oído, la voz que escuchó lo dejó petrificado, pues lo llamó por su nombre. Era una voz angustiada y suplicante. Gritaba desesperada.

—¡Yaakov! ¡Ayúdame por el amor de Dios! ¡Sácame de aquí! —imploraba con terror.

—¿Quién diablos es? —replicó al tiempo que su rostro se tensaba en una expresión de sorpresa.

—¡Soy Justin! ¡Sácame de este infierno en el que me metiste! —gritó con enérgico reclamo. El color se desvaneció de su rostro. Por un momento, Yaakov dudó, pero pronto comprendió que, sin duda, Justin quería jugarle una nueva broma como represalia. El demonio de la ira incontrolable lo volvió a poseer.

—¡Escúchame bien, hijo de puta, malparido! te voy a encontrar donde quiera que estés. Tengo los recursos y conocimientos necesarios para ello. Esta vez no te voy a enterrar vivo, sino que te desollaré, te descuartizaré y daré de comer tus restos a los perros callejeros. ¡¿Me estás escuchando, maldito?!

—¡Por favor, Yaakov, perdóname! No era mi intención causarte problemas, pero sácame de aquí, por favor, sác... —. Su súplica se vio interrumpida por un desgarrador grito y unos sonidos que parecían de una motosierra, seguidos de risas guturales. Se cortó la llamada.

—¡¿Justin?! ¿Estás ahí?

Intentó devolver la llamada, pero ni siquiera daba tono. Comenzó a temblar de rabia. Estaba convencido de que le estaban jugando una broma que ahora estaba rebasando todos los límites. Lo que vino después le cayó como un balde de agua helada. Recibió un mensaje con un archivo de video adjunto. Al abrirlo, podía ver a un confundido Justin caminando por un pasillo que parecía ser un mausoleo. El espacio era minimalista y lúgubre. Tonos pálidos. De la nada, apareció un hombre vestido como mensajero con un paquete en mano. Era una caja del tamaño de una de zapatos.

—¿Es usted el señor Justin Richards?

—Sí... — respondió confundido, titubeante.

—Es para usted. Es una sorpresa que, según el remitente, le va a encantar —señaló el mensajero, con una expresión maniaca. Yaakov se quedó pasmado cuando el sujeto miró de reojo a la cámara, guiñando un ojo y mostrando una macabra sonrisa.

Yaakov sintió un escalofrío. Justin procedió a abrir la caja.

—Pero... está vacía —dijo confundido.

—Asómese un poco más —le sugirió el mensajero, conteniendo la risa. Volvió a mirar a la cámara, indicando con una expresión que prestara atención a lo que estaba a punto de suceder. Justin se acercó a la caja y, sin previo aviso, se escuchó una estruendosa explosión. De la caja salió disparada una bala de cañón que le destrozó la cabeza como si fuera una sandía. La imagen era surrealista. Todo se tiñó de rojo. Solo quedó colgando parte de la quijada y la lengua. A pesar de ello, Justin emitía horribles alaridos. El mensajero estalló en carcajadas y se lanzó al piso, retorciéndose. Yaakov no podía creer lo que veía. No sabía qué pensar ni cómo reaccionar. Aquellas imágenes eran demasiado reales para ser una broma. El video terminó. Sintió que le faltaba el aire. Se le nubló la vista. Corrió hacia un pequeño sillón. Se sentó con gran esfuerzo. Aspiró profundo. Trataba de recuperarse, cuando de nuevo sonó su celular.

Ahora era una videollamada. Número desconocido. La cortó. Volvió a sonar. Temblando, deslizó el botón y la contestó. Imposible, era Justin, regenerado, como si fuera un personaje de videojuego.

—¡Yaakov, por favor, no me cuelgues! —imploraba con lágrimas en los ojos. —Ayúdame, por favor, sácame de esta tortura infernal. ¡Me están torturando de maneras inimaginables!

Yaakov permanecía boquiabierto, sus ojos a punto de

desbordarse ante lo que veía.

—¡¿Dónde estás?! ¿Dime en qué parte estás? —logró preguntar con desesperación.

—No tengo ni la menor puta idea. ¡Fuiste tú quien me trajo a este infierno! ¡Tú sabes perfectamente dónde estoy!

Yaakov se quedó mudo, incapaz de hilar palabra alguna y menos cuando, en la imagen de video, apareció una figura amorfa que le arrebató el teléfono a Justin, quien comenzó a gritar horrorizado.

—Hola, Yaakov. ¿Quieres ver algo *super* gracioso? —preguntó un rostro grotesco que acercaba la cámara a su boca, llena de pus, mostrando dientes podridos y encías de las que brotaban gusanos. Su tono de voz sonaba como el de una persona con un terrible acceso de flemas. Una extraña fuerza había secuestrado los movimientos de Yaakov. Por más esfuerzo que hizo para cortar la videollamada, algo lo obligaba a seguir viendo.

—Observa, amigo. Esta pequeña bromita creo que te resultará familiar —dijo soltando una risa como de perro de caricatura.

En una nueva toma se observaba a Justin amarrado en una silla. La ubicación parecía ser un antiguo templo en ruinas. Miraba desconcertado a todos lados, intentando liberarse de las ataduras. Mientras lo hacía, una hermosa mujer desnuda se postró frente a él y, con voz sensual, le dijo:

—Justin, soy tu más grande admiradora y me gustaría hacerte sexo oral. ¿Te gustaría?

Justin no sabía cómo reaccionar. Mientras la mujer comenzaba a deslizar su mano por la entrepierna de Justin, otra mujer desnuda apareció por detrás. En sus manos sostenía un balde que, al parecer, estaba lleno de un líquido incandescente. Era metal fundido. Ella miró a la cámara y le hizo señas a Yaakov para que prestara atención, mientras con agilidad, sin derramar el líquido, volteó el balde y lo colocó sobre la cabeza de Justin. Este emitió un espantoso grito de dolor. El metal incandescente comenzó a derramarse por todo su cuerpo, causando que se rompieran las ataduras. Con esfuerzo sobrehumano, Justin se pudo poner de pie y comenzó a correr por todo el lugar, gritando de dolor y tratando de quitarse el balde de encima. La sustancia infernal derretía su piel, dejando expuesto su esqueleto. Las vísceras comenzaban a salírsele. La imagen era horrífica. Yaakov había visto imágenes desgarradoras de enemigos muertos, pero nada se comparaba con lo que estaba presenciando. Las dos mujeres se abrazaban y se doblaban de risa, a punto de asfixiarse. La toma cambió. Apareció otra vez el rostro grotesco, riendo sin parar.

—¿Qué te parece, Yaakov? Con este video creo que sí podré llegar al millón de suscriptores.

Yaakov logró cortar la llamada y lanzó el celular al suelo, destrozándolo hasta dejarlo hecho añicos. De inmediato, recibió una alerta en el *smartwatch*. Era un mensaje de texto con imágenes adjuntas. Tuvo suficiente con la primera que vio: una fotografía del rostro de Justin con las cuencas de los ojos ensangrentadas y colgándole a los lados. Lanzó el reloj al suelo y lo pisoteó como si fuera una araña ponzoñosa. La televisión de la cocina se encendió sola y de inmediato se escuchó la voz suplicante de Justin. Yaakov la arrancó de donde estaba instalada y la lanzó con furia al otro extremo de la cocina, destrozándola al estrellarse contra la pared. Fue entonces el turno de la pantalla de sesenta pulgadas colgada en la sala principal. Se encendió a todo volumen y se escuchó un alarido perturbador que suplicaba clemencia. Yaakov corrió desesperado hasta el lugar, cogió un perchero de aluminio y lo utilizó como herramienta para destrozar lo que ahora se había convertido en un medio de comunicación infernal. Arremetió contra la televisión con coraje desmedido, recriminando y exigiendo que lo dejaran en paz.

En ese momento, Abigail regresó a casa y, al abrir la puerta, se encontró con el infierno que había desatado Yaakov. Lo primero que vio fue el destrozo de la cocina. Se asustó y se llevó las manos a la boca. Al escuchar los gritos y gruñidos violentos de un hombre en el interior del domicilio, sintió que el pecho le iba a estallar. Lo primero que pensó fue que se trataba de un asaltante o un terrorista buscando venganza contra Yaakov. Estuvo a punto de salir corriendo, pero reconoció su voz. Se acercó a la sala y lo encontró golpeando la televisión con el maltrecho perchero, como un leñador talando un árbol.

—¡Yaakov! ¡Para! ¿Qué estás haciendo? —le gritó.

Él la miró con una expresión demencial. Por un instante, pareció no reconocerla. Se quedó mudo y estático, sudando a chorros y con las venas del cuello y frente brotadas.

—¿Qué está pasando? —exigió Abigail. Su rostro expresaba una palidez fantasmagórica.

Yaakov no sabía qué decir ni cómo justificarse. Aunque quisiera explicarle, en ese momento le resultaba imposible. No sabía ni por dónde empezar.

—¡Estoy siendo objeto de un ataque, de una venganza! Todos los aparatos electrónicos están intervenidos. Sé que todo esto te puede parecer una locura, pero ya habrá tiempo de explicarte. Por lo pronto, necesito salir de aquí. Tengo que hacer algo.

Abigail lo miraba, sin reconocer al hombre que se parecía a Yaakov, pero ahora actuaba como un primitivo. Nunca lo había visto en ese estado.

—¿De qué estás hablando? —. Se quedó pensativa por unos instantes—. ¿Es por eso por lo que te ha estado buscando Yatom? —dijo frunciendo el ceño.

—¿Qué quieres decir?

—Tuve que venir a buscarte porque Yatom me llamó. Dijo que le urgía hablar contigo. Tiene horas tratando de contactarte.

No le contestabas las llamadas, ni los mensajes ni los correos electrónicos. Está muy preocupado por ti. Yo también te he estado llamando. Llevo varias horas intentándolo.

Yaakov se quedó perplejo, pensativo. Supuso que Yatom ya había sido alertado por la desaparición de Justin. Ante ello, tal vez la policía, por mero protocolo y tratándose de un ciudadano estadounidense, podría haber informado al Mossad. No había ni qué pensarlo. Su viejo compañero de armas era el único que podría ayudarlo y averiguar qué demonios estaba pasando. Tendría que confesarle todo. Sus conjeturas se vieron interrumpidas cuando sonó el teléfono celular de Abigail. Lo contestó de inmediato. Era Yatom.

—Sí, aquí estoy con él. Te lo paso enseguida.

—Es Yatom, quiere hablar contigo —le dijo mientras le extendía el celular. Yaakov titubeó un instante y lo tomó.

—Yatom, hermano, ¡necesito tu ayuda!

—¡Yo soy el que necesita tu ayuda! ¡Por favor! ¡Haz que pare este infierno, esta cíclica e interminable tortura! —gritaba al otro lado de la línea, Justin. Su voz comenzó a hacerse ininteligible debido a unos chillantes ruidos mecánicos, seguidos de unas risas nefastas. Yaakov se retiró el celular, lo observó, comenzó a temblar.

—¡No puede ser! ¡No puede ser! —gritaba mientras estrellaba el celular de Abigail contra el suelo y lo pisoteaba como si fuera un ciempiés. Ella lo observaba incrédula.

—¿No me digas que tú también eres parte de esto? —la cuestionó, apretando la quijada y frunciendo el ceño. Apretó el puño.

—¿De qué hablas? ¿Te has vuelto loco? —. Abigail estaba con el rostro desencajado, abundantes lágrimas inundaban sus mejillas—. Por favor, Yaakov, dime qué está pasando para poder ayudarte.

Yaakov se llevó las manos a la cabeza y comenzó a retorcerse, caminando de un lado a otro.

—¡Necesito encontrarlo! Es la única forma de poner fin a esto —se dijo a sí mismo en voz alta.

—¿Encontrar a quién? —le cuestionó Abigail desesperada, sintiéndose impotente. Sufría por la extrema confusión y preocupación de ver a su amado en ese estado. Él la miró con ojos perdidos.

—Necesito regresar a *Akeldama*—. Sin decir más, corrió hacia su cuarto. Tomó algunas cosas de su escondite secreto, entre ellas, su pistola. Agarró las llaves de su automóvil.

—¿A dónde vas?

—Perdóname, ya habrá tiempo de explicar. Necesito poner fin a esto de una vez por todas o jamás me dejarán en paz. Abigail trató de alcanzarlo, confundida, llorando, exigiendo alguna explicación. No tuvo éxito.

Yaakov transitaba por las calles principales de Jerusalén rumbo al campo de sangre, *Akeldama*. Conducía de manera temeraria, sin respetar peatones ni señalamientos de tránsito. Era lo último que le importaba en ese momento. Estaba próximo a llegar a su destino cuando el sistema de sonido del vehículo se encendió a todo volumen. Una voz lúgubre se escuchó y lanzó una interrogante.

—Esto te va a encantar Yaakov. ¿Alguna vez te has preguntado qué pasaría si le conectas a una persona un compresor de aire por el ano? Pues vamos a averiguarlo —se escuchó una estridente carcajada.

—¡Yaakov! ¡Haz que pare esto! Te lo suplico —imploraba Justin, súplica que se vio acompañada de un terrible alarido de dolor. Yaakov intentó apagar el equipo con frenesí, pero este no hacía más que incrementar el volumen, lo cual ocasionó que perdiera el control y se saliera del camino. Terminó estrellándose contra la esquina de un edificio antiguo. Por fortuna el impacto no fue tan fuerte, pero sí se golpeó la frente y la sangre comenzaba a brotarle. En cuanto se recuperó del aturdimiento y al ver que los curiosos comenzaban a acercarse, decidió tomar sus pertenencias, abandonar el vehículo y seguir a pie. El lugar estaba a poco menos de un kilómetro.

Como a esa hora del día solía haber muchos turistas en la zona, no pudo acceder por la entrada principal. Rodeó y tomó un atajo a través de un camino abandonado y pedregoso que llevaba a la vertiente sur del valle de Hinnom. Se movió con sigilo hasta llegar a la parte trasera del monasterio de San Onofre, construido en el sitio de un antiguo cementerio de los primeros cristianos.

El cielo se llenó de negros nubarrones. El aire soplaba con rumores tétricos, dando la impresión de que caería una tormenta repentina. Para ese momento, Yaakov había perdido por completo la noción del tiempo. Tuvo la extraña sensación de haber sido transportado a una época antigua. Percibió un silencio desolador y sentía un leve mareo por el golpe en la frente. Se llevó la mano a la herida, sintió un bulto, pero ya no le sangraba. Cuando se aseguró de que no había nadie en los alrededores, descendió por una pequeña pendiente del monasterio, hasta el lugar donde había sepultado a Justin. Todo el lugar lucía como un yermo. No se veía ni un alma. Tal vez ante la inminente tormenta, todos habían decidido resguardarse. Mejor para él.

Ahí estaba la zanja que hizo para enterrar a Justin. De su mochila sacó una pala desmontable para cavar más profundo. Pensó que tal vez podría haber caído en algún túnel, ya que toda esa zona estaba llena de cuevas ancestrales que, según se dice, fueron utilizadas por los primeros cristianos para esconderse de las persecuciones romanas. Incluso recordó haber escuchado un rumor de que había una iglesia subterránea en la zona. Tal vez los engendros del infierno mantenían a Justin secuestrado allí, pensó. Comenzó a cavar con desesperación, pero entre más profundo lo hacía, más dura se volvía la tierra. Los relámpagos acompañados de susurros y voces imperceptibles lo rodeaban. Yaakov observaba los alrededores, pero todo era desolación. Seguía cavando sin un orden específico, como un náufrago que rema sin rumbo. La zanja pronto comenzó a crecer en diámetro. Ni rastro de Justin. Una brutal desesperación lo invadía. Sudor y tierra rojiza comenzaban a cubrir su rostro, dándole la apariencia de estar cubierto de una costra de sangre.

—¡Justin! ¿Dónde estás? —llamaba con desesperación, como un padre que pierde de vista a su hijo en un tumulto. Risas burlonas comenzaron a inundar su mente. Empezó a cavar con más fuerza y rapidez hasta que la pala se quebró y un trozo puntiagudo del mango se clavó en su mano. Gritó de dolor— ¡Maldita sea! De inmediato se escuchó una estruendosa carcajada burlándose de él.

—¡Calla de una vez por todas, hijo de perra! ¡Da la cara! —gritó con furia mientras desenfundaba su pistola y comenzaba a disparar a enemigos invisibles hasta vaciar el cargador.

—¡Yaakov! ¡Acá estoy! —se escuchó una voz a lo lejos.

—¿Justin?

Yaakov salió de la enorme zanja y trató de localizar el origen de la voz, que ahora se había convertido en un lastimoso lamento. Fue justo en la parte baja del monasterio de San Onofre, a la altura de una enorme pared de bloques de piedra, donde Yaakov vio a Justin parado en una pequeña entrada, haciéndole señas de auxilio. De pronto, una figura antropomorfa lo engulló al interior del recinto. Corrió con todas sus fuerzas hacia la antigua construcción, pero cuanto más corría, más distante parecía el monasterio. Sentía más pesados sus pasos y la herida en la mano no dejaba de sangrar.

El campo de *Akeldama* quedó en penumbra a causa del cielo oscurecido. Aún se escuchaban los gritos de auxilio de Justin. El aire olía a agua estancada. Era un olor pesado, envolvente. Como si fuera un pulpo soltando su tinta en el mar, una fuerte ráfaga de viento generó una gigantesca tolvanera que nubló toda visibilidad. Yaakov estaba frustrado, se sentía perdido, pero cuanto más avanzaba, las burlas fantasmales se escuchaban con mayor claridad, lo que causaba que esa frustración se convirtiera en un rabioso enojo que lo hizo correr con más fuerza por la adrenalina que recorría su cuerpo. Su andar fue frenado de forma violenta cuando tropezó con una enorme roca que lo hizo caer de bruces. Rodó un par de metros hasta detenerse. Se sintió como si le hubieran propinado una paliza. Tardó un tiempo en recuperarse. Entre sollozos trató de levantarse, pero algo lo dejó paralizado.

A lo lejos, observó una visión como sacada de una pintura medieval de temática religiosa apocalíptica, de tonos intensos y evocadores. Distinguió la silueta de un hombre descolgándose de un árbol. En cuanto sus pies tocaron el suelo, se escuchó un estruendoso relámpago. El hombre caminó hasta quedar a escasa distancia de Yaakov. No se alcanzaban a distinguir sus facciones ni demás características físicas. El aire y las sombras solo lograban resaltar la forma de su antigua indumentaria. Todo estaba muy oscuro. Yaakov, tendido en el suelo, alzó su mano izquierda y con voz temblorosa llamó a Justin.

El hombre respondió:

—Justin no es más y jamás lo será. Entre más lo busques, más terminarás perdido. Tomaste una decisión que bien podrías haber omitido, pero al igual que muchos hombres, tomándome a mí como el más oprobioso de los ejemplos, pudo más en ti la avaricia de satisfacer tu propio ego, la sed de satisfacer los más bajos instintos. Un hombre sabio dijo que, en ocasiones, "es mejor poner la otra mejilla". Qué diferente sería la humanidad si tan solo hubiéramos escuchado. Tomaste tu venganza utilizando las tierras de Akeldama como mediador, campo de sangre con semillas de traición, regadas con gotas de venganza, tuya es la cosecha que de ello obtienes. Gran exaltación causó en ti la venganza consumada, ahora tendrás que vivir por el resto de tus días con ello, pues el fruto forma parte de ti.

Terminado de decir estas palabras, el hombre señaló a Yaakov con su dedo índice izquierdo y la tierra comenzó a temblar.

Yaakov sintió como si estuviera siendo electrocutado, al tiempo que la tierra empezaba a abrirse y a devorarlo. Un terror desconocido lo invadió mientras era arrastrado a las entrañas de *Akeldama.* Cuando por fin tocó fondo, se encontró en una cámara de una cueva, iluminada de manera tenue por un par de velas y antorchas, en donde las paredes estaban decoradas con nichos funerarios. Frente a él había un enorme muro que en realidad era un osario con miles de huesos apilados. Pronto comenzaron a escucharse murmullos, rumores, voces, risas, burlas. Era como estar en un estadio de fútbol del inframundo. El ambiente era fúnebre y tétrico. Olía a encierro y putrefacción. Los miles de huesos comenzaron a titilar haciendo un ruido similar al de tambor batiente.

—Bienvenido a casa —pronunció una voz fantasmal. Yaakov quedó tendido de espaldas. No podía moverse. Sentía su cuerpo destrozado. Solo pudo mover un poco su cabeza. Se encontró con la mirada vacía de Justin, que lo observaba de pie con su rostro cadavérico. Las laceraciones en su pecho desnudo lucían como antiguos jeroglíficos en una tablilla. Yaakov quedó horrorizado al verlo, pero nada lo preparó para el alud de esqueletos que se le echaron encima y se clavaron en todo su cuerpo como ponzoñosos aguijones. El dolor era insoportable. Indescriptible.

Yaakov tuvo que ser internado en un hospital psiquiátrico debido a su deplorable estado de salud mental. Le diagnosticaron psicosis esquizofrénica. Los médicos no se atrevían a decir si algún día llegaría a recuperar algo de estabilidad emocional. Imposible, de momento, pensar en una fecha para darle de alta. La policía y dos agentes del Mossad, Yatom y Biton, habían encontrado a Yaakov justo al pie del monasterio. Estaba revolcándose en el piso, gritando incoherencias; su aspecto era deplorable y aterrador. Sus ropas estaban rasgadas y su rostro, al igual que sus manos, estaban por completo ensangrentados. Parecía una costra humana viviente. Gran parte de ello era a causa de la tierra roja que se había adherido a su cuerpo. A duras penas y después de un gran esfuerzo, pudo reconocer a Yatom, a quien le suplicaba ayuda.

Primero fue trasladado a un hospital, donde confesó a su amigo que él había sido el artífice del secuestro y desaparición de Justin. Lo había hecho cegado por la venganza—. Lo enterré en *Akeldama* —, insistía. Tras varios días de intensa búsqueda, la policía no encontró el menor rastro de Justin. En principio, a Yatom le pareció creíble la versión dada por su antiguo compañero, por la forma en que parecían encajar las piezas del rompecabezas de su actitud vengativa, pero la posterior aparición de un video en el que se observaba a Justin salir del bar aquella fatídica noche, acompañado de una misteriosa mujer vestida de negro, a quien aún no lograban identificar, puso en tela de juicio su narración.

Su versión de los hechos terminó por ser desestimada cuando los médicos recomendaron su internamiento en un psiquiátrico, debido a los episodios delirantes que vivió en el hospital, donde Yaakov destrozó la televisión de su cuarto y las pantallas de varios equipos médicos, así como los teléfonos celulares de sus visitantes, aduciendo que Justin aparecía en videos como protagonista de infernales cámaras ocultas. Ahora Abigail observaba con gran tristeza cómo aquel hombre del que se había enamorado hoy era alguien irreconocible cuyo único diálogo era: *A veces, es mejor poner la otra mejilla.*

LA EMPERATRIZ DE ARCILLA

Permanezco aquí y continuaré así por el resto de mis días, purgando mi condena en esta terrible prisión. Es una probada de lo que me espera en el infierno si no logro enmendar mi camino en este dantesco reformatorio. Aunque mi celda es amplia y poseo comodidades que otros prisioneros envidiarían, las condiciones son dignas de una película de terror en el sentido más literal. Sé que no debería quejarme; me lo busqué y he llegado a aceptarlo. Sin embargo, creo que cualquiera en mi situación habría sucumbido en este lugar. Yo estuve a punto de hacerlo. Pero no quiero adelantarme. No se trata de una queja, sino de un testimonio, mi versión de los hechos que deseo compartir.

Mis compañeros de celda son seres antropomorfos, deformes y grotescos, auténticos adefesios. Al principio, sus voces me resultaban insoportables: esos gruñidos roncos y risas que se asemejaban al estruendo de un rugido de tripas me generaban gran aversión. La primera vez que los escuché hablar, no entendía nada, pues empleaban algo así como un dialecto que, en su momento, me sonaba por completo desconocido. Tal vez mi mente aturdida impedía mi comprensión. Solo lograba comprenderles cuando conseguía calmarme y prestar atención.

Hay una característica más de esta prisión que no he mencionado: la completa oscuridad. Así estoy las veinticuatro horas del día. La luz, los colores, las formas y, sobre todo, la belleza del mundo exterior ahora solo existe como recuerdos en mi mente. Una condena adicional irreversible como consecuencia de egoístas y estúpidos arrebatos. Una decisión tomada que es inapelable en este mundo.

Con el tiempo he aprendido a convivir con los habitantes de este nuevo mundo, a aceptarlos por lo que son. Más bien, lo correcto sería decir que soy yo quien tiene que aceptarse por lo que siempre fui. Mi soberbia es algo en lo que debo seguir trabajando. Incluso con uno de ellos he puesto el primer cimiento de lo que, en un mundo normal, podría considerarse una relación sentimental. Es alguien a quien conocí en los primeros meses en que fui transportada a este mundo infernal. Hace un par de semanas le permití visitarme a diario. Sí, también en esta prisión existe gran flexibilidad en cuanto a visitas. ¿Ya les conté que es una prisión mixta? Bueno, eso no viene al caso en este momento.

Por cierto, su nombre es Gael. Disfruto de su conversación. No puedo negar que tiene hermosos sentimientos. Si fueran otras las condiciones, estoy convencida de que me podría enamorar de él con facilidad, pero una parte de mi ser aún no me lo permite. Se interpone como obstáculo para ello, un gigantesco bloque de concreto que, créanme, estoy tratando de demoler. Para cualquier otra, eso no representaría mayor problema, pero no para mí, que desde la infancia fui programada con el concepto griego de la belleza.

Hace un par de días, me confesó su amor e incluso intentó besarme, ante lo cual, debo reconocer, reaccioné como un animal asustado, llegué al extremo de pedirle que se largara y jamás se volviera a acercar a mí. Pero después me arrepentí y le pedí perdón por mi irracional comportamiento. Por supuesto, lo comprendió, por eso les digo que es una gran persona. Sabe de mis limitaciones.

A estas alturas, se deben estar preguntando, ¿qué es lo que me impide quitar ese bloque y entregarme a él? Para responder a esto, voy a ser directa, sin dar mayores rodeos. Él es una monstruosidad, un ser deformado, su aspecto es similar al de un leproso, con el cartílago de la nariz ausente, lleno de ámpulas y llagas por todo el rostro. Bueno, tal vez estoy exagerando, pero esa es la imagen que se me quedó grabada. La primera impresión. Aunque esas lesiones ya no son tan pronunciadas al tacto, pareciera que están sanando. Pero, aun así, no concibo tener un encuentro carnal con él. Me duele reconocerlo, pero con tan solo imaginarlo, es suficiente para para que la pequeña flama de lo que algún día fue mi ardiente deseo sexual, termine de extinguirse en una ventisca polar.

Lo conocí en lo que algunos podrían llamar un hospital, antes de mi encierro en mi prisión de oscuridad. Cuando fui arrastrada a este mundo infernal, sus habitantes me miraron con recelo, pensando que había perdido la razón, pues actuaba como un animal salvaje, por completo fuera de control. Desesperada por escapar, terminé vagando por las calles de esta ciudad infernal, en un estado lamentable que me llevó al borde del colapso. Fue entonces cuando perdí el conocimiento y terminé en algo así como un sanatorio.

Cuando desperté de mi letargo inducido por mis captores, llegué a pensar que todo había sido una espantosa pesadilla, pero pronto me topé con la terrible realidad. Cuando Gael se me acercó para ofrecerme ayuda, su apariencia física me horrorizó. A pesar de sus intentos por tranquilizarme y hacerme entender la situación, su mera presencia, al igual que la de los que me rodeaban, solo avivaba mi temor y me causaba aversión. Pero pronto el destino se encargó de restregármelo en el rostro con el guante la ironía, ya que, como muchas cosas en la vida, el apoyo llega de donde menos lo esperamos. Al final, fue él quien demostró un genuino interés por mi bienestar y, puedo decir con certeza, que su intervención salvó mi vida.

Pero ¿cómo es que terminé en este mundo y en la prisión de la cual les he estado hablando? Aquí les cuento mi historia. Trataré de ser breve y no detenerme en aspectos banales.

Mi nombre es Verónica Kelly-Cruz. Nací en Riverside, California. Crecí en el seno de una familia de clase media venida a más gracias al crecimiento profesional de mis padres. Soy la menor de tres hermanos. Tengo descendencia irlandesa por el lado de mi padre y cubana por el lado materno. Mis abuelos paternos eran originarios de Cork, Irlanda. Mi madre nació de La Habana, Cuba. Ella y su familia huyeron de ese país y se establecieron en Florida. Cuando llegó el momento de ingresar a la universidad, mi madre se trasladó a California para continuar sus estudios, donde coincidió y se enamoró de mi padre. Su relación era vista por todos como un romance de película, gracias a la apariencia física de ambos.

Mi padre, un hombre de imponente presencia, casi un gigante de metro noventa, cabello rubio, ojos azules que recordaban al mar caribeño, facciones marcadas, pero no rudas, y una mandíbula cuadrada que le confería un aire de antiguo guerrero vikingo. Además, su constitución atlética, producto de ser un destacado deportista que ocupaba la posición de defensor en el equipo de fútbol americano de la universidad, completaba su porte distinguido.

Mi madre, de estatura baja en comparación con él, irradiaba una belleza natural envidiable. Su piel apiñonada resaltaba sus facciones de muñeca de porcelana, sus ojos almendrados, sus labios exquisitos y su cabello negro como la noche más profunda, liso como cortinas de seda. Mi padre solía describir su cuerpo como el de una diosa romana.

Entre mis dos hermanos, fui la más afortunada en términos de heredar esa belleza. Mis ojos, como los de mi padre, se destacaban, y también heredé algo de su estatura. Ahora bien, en cuanto a los demás rasgos físicos, podría decirse que era un clon mejorado de mi madre.

Para mis padres, que estaban obsesionados con la belleza y el aspecto físico, fui como un regalo divino, en especial para mi padre, quien era un apasionado de la historia grecorromana. Siempre me contaba cuentos y leyendas relacionados con la obsesión y la importancia que los antiguos griegos daban a la belleza física.

Desde muy pequeña, me inscribieron en concursos infantiles de belleza, de los cuales siempre salí triunfante, al igual que en los que participaba en la escuela. Mi nombre se convirtió en sinónimo de reina de belleza. Como podrán imaginar, durante mi época de estudiante, los pretendientes me llovían y hasta llegaban a pelear por mi atención. Por supuesto, siempre me daba el lujo de elegir a los más guapos y destacados, sobre todo en el aspecto financiero.

Aprendí a sacar provecho de mi belleza física y me fui convirtiendo en una manipuladora, lo cual me ayudó a forjarme en una mujer poderosa, ya que las puertas se abrían en cualquier lugar a donde iba. Puedo decir que todas aquellas historias que aprendí de pequeña acerca de los turbulentos romances y traiciones de los dioses y semidioses de la mitología griega me sirvieron como lecciones en mis ambiciones profesionales e incluso de cierta manera, las llegué a vivir en carne propia.

Lástima que pasase de largo aquellos pasajes en donde se narraba como la belleza, fue al mismo tiempo la perdición de muchas.

¿Estaba obsesionada con mi aspecto físico? Por supuesto que lo estaba y, en menor medida, aún lo estoy. Creo que, a estas alturas, ya se habrán dado cuenta de la raíz de esta obsesión con la belleza. Gran parte de la culpa de ello se la debo atribuir a mi madre, que Dios la tenga en su santa gloria. Con el tiempo, gracias a nuestra buena posición económica, ella se volvió fanática de los tratamientos de belleza. Gastaba miles de dólares en ellos e incluso recurrió a prácticas esotéricas, en particular a la santería, de la cual era adepta y practicante. Recibí estas enseñanzas a pesar de las fuertes protestas de mi padre, quien era un católico ferviente. Sin embargo, el fuerte carácter de mi madre, como buena latina que era, junto con su encanto seductor, al que mi padre se refería de forma sarcástica como si lo tuviera bajo un hechizo, siempre lograba doblegar sus objeciones. No tuvo más opción que aceptar estas creencias que él consideraba endemoniadas. Al final, creo que tenía razón, pues fue la santería la que me abrió las puertas del infierno.

Al graduarme de la universidad como abogada, me mudé a Dallas y conseguí trabajar en las firmas de abogados más renombradas de la ciudad. Me especialicé en derecho empresarial e inmobiliario. En poco tiempo, me convertí en socia de la firma.

A mis clientes les facturé millones de dólares en poco tiempo, lo que me convirtió en una mujer muy poderosa a temprana edad, pero también sin escrúpulos. Mi ejército legal se especializó en aplastar a la competencia en los tribunales. Hoy no me da vergüenza confesar que, además de mi inteligencia, en gran medida me valí de mi arma más poderosa para llegar a la cima. No, no fue mi belleza por sí sola, sino un complemento que me volvió casi invencible. Mis encantos sexuales, los cuales utilicé para doblegar voluntades, cerrar contratos multimillonarios y lograr que más de un juez fallara a mi favor. Lo mismo me sirvieron para tener a los hombres más apuestos y poderosos a mis pies como viles sirvientes.

En este punto, les puedo adivinar el pensamiento y los voy a parar en seco: no, no soy ninguna prostituta, pues no me entregaba con desenfreno a cualquiera que se me pusiera enfrente como una vil ninfómana. Mis intercambios sexuales —enfatizo— *intercambios*, eran con personas de importancia trascendental en los medios financieros, políticos y hasta religiosos.

Eran eso, un intercambio en el que, a cambio de algo, mis amantes de ocasión recibían una experiencia solo al alcance de reyes y altos dignatarios. Es algo que los hombres han hecho durante miles de años y se les suele poner en un pedestal, pero cuando lo hace una mujer, de inmediato se le marca con la *letra escarlata de puta*.

Son pocos los que logran entender el significado profundo que conlleva poseer a una mujer con mis características. Fue algo que hizo enloquecer a más de uno. Mi belleza física era tal, que me atrevo a afirmar que, si fuera un personaje de la mitología griega, con gran facilidad podría haber seducido al dios Zeus e incluso, haber mandado desterrar de su lado a su esposa, Hera. La misma Afrodita hubiera sido una débil rival a mi lado.

Tengo que hacerles una confesión. Si alguno de ustedes, que está leyendo esto, es psicólogo, es posible que llegue a la conclusión de que tal vez soy megalómana. Pero, con sinceridad les puedo decir que, en este momento me importa un comino lo que piensen los demás. Necesito decirlo. En más de una ocasión llegue a considerarme a mí misma como la reencarnación de la reina Cleopatra.

El primer paso hacia mi perdición comenzó cuando conocí al hombre que me llevó al abismo del amor. Era un poderoso inversionista inmobiliario, quien además de su perfección física, poseía un carisma magnético. Con él me sentía completa. Mi sexualidad, por primera vez, no fue por conveniencia. Con él me perdía por horas en unos laberintos orgásmicos. Habíamos hablado en varias ocasiones de planes de boda, los cuales terminaron en las cañerías de la infidelidad. No quiero ni recordar su nombre. *Damnatio memoriae.* Lo condeno al olvido.

Como una página arrancada de un drama romántico clásico, me abandonó por el brillo efímero de una juventud más radiante y una belleza más fresca. Quedé destrozada, mi orgullo y autoestima fueron pisoteados de manera brutal y salvaje. Por primera vez me sentí como una mujer fea, vulnerable.

Todo empeoró cuando me di cuenta de algo que me causó un terror irracional y que me llevó en picada al mundo en donde hoy me encuentro. A partir de ese momento, el paso del tiempo sería mi peor enemigo.

Yo ya no era tan joven. Estaba por cumplir treinta y tres años. Las arenas de mi reloj biológico cada vez serían más delgadas. Empecé a notar las primeras arrugas, las primeras várices, detectaba amenazas de celulitis por cualquier lado, mis senos cada día lucían más flácidos, mis nalgas menos firmes.

Los ataques de pánico nocturnos me visitaban con frecuencia. Pasaba semanas completas sin poder dormir, atormentada por el recuerdo de haber perdido ante una rival más joven y bella que yo. ¿De qué carajos me servía todo mi poder?

De aquí en adelante, así sería y sabía que en cualquier relación sentimental que tuviera, siempre estaría presente la amenaza constante de la infidelidad y de ser cambiada por otra más joven, más hermosa. La fealdad por la vejez me haría perder todo el poder que ejercía. Mi moneda de cambio más fuerte se depreciaría hasta no valer nada, como el destino de la moneda de la república de Weimar. Un billete con denominación millonaria sin valor alguno.

Terminaría mis días como una anciana decrépita arrugada, viviendo de sus viejas glorias, pero condenada al olvido. Pero lejos de caer en una depresión, decidí hacer frente a mis temores y como la verdadera guerrera que siempre fui, haría hasta lo imposible por jamás perder mi belleza.

Llegó un punto en el que me di cuenta de que me había convertido en mi madre, pues al igual que ella, me obsesioné con la belleza. Me sometí a todo tipo de tratamientos estéticos, gasté cientos de miles de dólares en cosméticos, cremas, lociones. Me volví una esclava del gimnasio. Les confieso con sinceridad que siempre evité las cirugías estéticas, pues las veía como hacer trampa, algo a lo que solo recurrían las mujeres que no fueron bendecidas con una belleza natural como yo. Las perdedoras. Las cirugías plásticas las contemplaba como un último remedio, una vez que hubiere agotado todos los medios a mi alcance. Estaba convencida de que jamás tendría que llegar a esos extremos, más cuando recordé en dónde encontrar la fuente de la eterna juventud.

Como ya mencioné, mi madre, ferviente practicante de la santería, además de utilizar tratamientos químicos de belleza, recurría a remedios naturales y esotéricos para mejorar y conservar su aspecto físico. Se sometía a todo tipo de rituales, danzas y trances hipnóticos; bebía brebajes con hierbas africanas, rezaba e invocaba deidades ancestrales. Esto le causó fuertes discusiones con mi padre, casi llevándolos al divorcio. Viajó a muchas partes del mundo en busca del elemento mágico que le daría belleza y juventud eterna. Lo encontró, pero la vida no le permitió probarlo.

Mi madre murió cuando yo tenía veintisiete años. Era muy joven. Sufrió de cáncer de mama terminal y, cuando decidió atenderse, ya era demasiado tarde. Es irónico cómo, en su búsqueda de la belleza, descuidó lo más importante: su salud. Al menos cumplió su deseo de morir joven y bella. En sus últimos días, me habló acerca del secreto mágico que había encontrado para no solo recuperar su belleza física, sino para conservarla hasta la vejez.

Algo que la haría lucir como una eterna veinteañera. Se trataba de una arcilla ancestral imbuida con una divinidad misteriosa. Pero para obtenerla, debía ir en persona a recogerla. Nadie más podía llevarla. Cuando quiso hacer el viaje, ya estaba muy enferma.

Ese secreto le fue revelado por una alta sacerdotisa de la santería, conocida como *Babalao*, algo así como un sacerdote dotado de poderes de adivinación y practicante de ritos. Se trataba de una mezcla de tierra y arcilla, proveniente de un lugar en tierras sagradas. *Barrosanctum* era su denominación. Un tratamiento al que recurrieron las emperatrices más poderosas de la antigua Roma, entre ellas Mesalina, la esposa del famoso emperador Claudio, lo cual les permitió no solo embellecerse, sino también dominar por completo a sus esposos, convirtiéndose de facto en las mujeres detrás del mando. Al menos eso creía hasta averiguar más sobre el destino de la pobre Mesalina.

La alta sacerdotisa le advirtió, con especial énfasis, que ese tratamiento no debía utilizarse a la ligera y sin el entendimiento adecuado de sus propiedades. Su uso era bajo condiciones y rituales muy específicos, que mi madre dejó por escrito en un diario detallado sobre el tema. Todo esto, junto con otras enseñanzas de la santería, me lo contó en su lecho de muerte, para que yo estuviera preparada para usarlas en caso necesario.

A diferencia de mi madre, nunca fui adepta a la santería y sus rituales; los consideraba banalidades, si no supercherías. En mis veintes, creía que, si quería destacar como abogada y convertirme en una mujer poderosa dentro del mundo de los negocios, debía liberarme de supersticiones religiosas que solo servirían como obstáculos y ataduras mentales para mi éxito.

Incluso me alejé del catolicismo, lo cual disgustó a mi padre. Por eso, en su momento, deseché el secreto del *barrosanctum* como un simple cuento de brujas. Ojalá hubiera seguido pensando así, pero mi obsesión por la belleza me llevó hasta los confines de lo sacrílego.

Aquí viene la parte más difícil de mi relato, pues se vuelven a abrir heridas en mi alma al recordar los hechos que me llevaron a la perdición. ¿Qué es el *barrosanctum*? Para los conocedores de tratamientos de belleza, no es otra cosa que *fangoterapia*, una mezcla de tierra, arcilla y algunos otros ingredientes con agua para obtener beneficios estéticos y curativos. Pero no estamos hablando de cualquier tierra y arcilla, pues estos ingredientes solo se consiguen en un lugar sagrado y maldito a la vez: *Akeldama*, el campo del alfarero, también conocido como el campo de sangre. Se encuentra en Jerusalén, en los alrededores del valle de Hinnom.

La historia de este lugar está manchada con traición y profanación. A pesar de conocer los antecedentes, mi obsesión me obstinó, haciéndome pasar por alto varias advertencias que me dieron al respecto.

Akeldama es un lugar que se compró a un alto precio; la traición, tal vez la más grande de toda la historia. El dinero utilizado para ello estaba maldito, pues fueron las treinta monedas de plata que recibió Judas Iscariote por vender a Jesús a sus enemigos. Según los relatos bíblicos, cuando Judas advirtió lo terrible de su acto, decidió regresar las monedas que le pagaron los sacerdotes, pero estos, al considerarlas dinero manchado de sangre, no podían ponerlas en el cofre de ofrendas de su templo, por lo que decidieron utilizarlas para comprar un campo que serviría como cementerio para enterrar extranjeros y peregrinos.

Pocos saben que la sangre de las treinta monedas de plata maldijo al campo, incluso, según las leyendas, tiñendo de rojo sus tierras.

Pasaron nueve años desde la muerte de mi madre hasta el momento en que mi desesperación me llevó a buscar el *barrosanctum*. Acababa de cumplir treinta y cinco años cuando conocí a Dante Mirren, un exitoso y poderoso abogado penalista. Al principio, inicié un romance de conveniencia que, con el tiempo, se volvió pasional, ablandando un poco mi duro corazón. Por fin, después de mucho tiempo, vi la posibilidad de enamorarme de nuevo y entrar en una relación a largo plazo. Pero como un demonio acosador, la amenaza constante de ser reemplazada por otra mujer más joven y bella comenzó a atormentarme sin piedad.

Este temor tenía dos elementos de tortura. El primero era que Dante era cinco años menor que yo. Siempre me dejé llevar por la idea de que las mujeres envejecen antes que los hombres, razón por la cual ellos buscan mujeres más jóvenes. Así que, según mi perspectiva, ya iba perdiendo.

El segundo elemento era que Dante era muy codiciado entre el sexo femenino y me había confesado una larga carrera en el amor. Aunque me juraba que había dejado atrás esas andanzas y que ahora buscaba una relación estable, sé por experiencia que el deseo sexual suele ser más poderoso que la mente racional.

Estaba decidida a hacer lo imposible para eliminar a la competencia y erradicar cualquier tentación de ser reemplazada. Necesitaba que Dante se enamorara como un loco de mí y, además, ejercer un control sobre él, como el que lograron las emperatrices más poderosas de la antigua Roma.

A finales de marzo del año 2024, a pesar de lo peligroso que resultaba por el estado de guerra en Israel, decidí viajar a Jerusalén para obtener las tierras mágicas que me darían belleza y poder hasta mi muerte. El riesgo de ir a una zona de guerra era menor en comparación con el beneficio que obtendría. Hay que tener en cuenta que, al ser Jerusalén una tierra santa y lugar turístico, estaba protegida de cualquier amenaza de bombardeo y ataque terrorista. Además, no iba en plan turístico; viajaría en avión privado y regresaría en cuanto obtuviera lo que buscaba.

Al llegar a Jerusalén, mi primera tarea fue buscar a Ezra Jotam, un erudito mencionado en la pequeña libreta de apuntes de mi madre. Descrito como un experto en conocimientos arcanos, ocultismo y los secretos de *Akeldama.*

Localizarlo no fue sencillo; la dirección apuntada en la libreta resultó obsoleta y habían pasado años desde que vivía allí. Con la ayuda de algunos vecinos, por fin pude ubicarlo en las afueras de la antigua ciudad de David, en una casa modesta entre calles empedradas. Estar en ese lugar fue como transportarme en el tiempo. A pesar de su avanzada edad, Ezra Jotam era una figura reconocida entre los cazadores de tesoros y estudiosos de enigmas ancestrales.

Ezra parecía un personaje sacado de una película de magos y hechiceros. Vestía una indumentaria anacrónica que evocaba épocas olvidadas. Su aspecto, como el de un sabio milenario, estaba marcado por la sabiduría acumulada a lo largo de los años, reflejada en sus ojos penetrantes y su mirada inquisitiva y, a la vez, intimidante. Al principio, cuando le mencioné la palabra *Akeldama*, estuvo a punto de echarme de su casa; reaccionó con enojo. Pero reconsideró su postura cuando le mencioné el nombre de la alta sacerdotisa de la santería referida por mi madre. Un par de billetes también ayudaron a ablandarlo.

Con su voz trémula y penetrante, me pidió que desistiera por completo de mi intención de profanar las tierras de *Akeldama*. Afirmó que, aunque en su juventud lucró con ellas y sus supuestos poderes mágicos, se arrepentía y lo pagaba con un alto costo de su paz mental. Daba ya por descontada su alma. Hoy tenía pruebas fehacientes de muchos que habían caído en las más terribles desgracias como consecuencia de la maldición de *Akeldama*. Me refirió el caso de un mexicano que lo visitó hace muchos años para obtener venganza y lo único que consiguió fue maldecir por siempre su tierra de origen.

Yo, con mi soberbia, le aseguré que era inmune a cualquier maldición, pues conocía algunos secretos protectores de la santería que mi madre me había transmitido. El viejo Ezra solo se limitó a reír y a decir que él ya había cumplido con su parte y que estaba advertida. Me dijo que solo me acompañaría hasta la entrada, pero que yo tendría que entrar al campo por mi cuenta y recoger el material con mis propias manos.

Esa misma tarde nos trasladamos al lugar acordado. Equipada con ropa cómoda y con dos sacos del tamaño de una maleta deportiva para contener la arcilla, me dispuse a seguir las indicaciones de Ezra. Él me proporcionó una pala y me guio hacia el sitio donde debía recolectar el ingrediente clave del *barrosanctum*.

Dado que la zona es frecuentada por turistas y visitantes, en parte debido a la presencia del antiguo Monasterio de San Onofre en la zona de *Akeldama*, construido alrededor del milenario cementerio de los primeros cristianos y extranjeros, era crucial evitar levantar sospechas. Ezra, previsor como siempre, arregló con algunas personas para que ignoraran nuestras actividades clandestinas a cambio de una generosa suma de dinero. La perspectiva de gastar una gran cantidad de dólares no me preocupaba en absoluto; lo que estaba a punto de obtener era invaluable.

Ingresé por la parte lateral del antiguo monasterio, rodeado por milenarias bardas de bloques de piedra. Descendí por una pequeña colina en el valle de Hinnom. Mientras lo hacía, experimenté una extraña sensación, una mezcla de temor y preocupación, pero la que más destacaba en ese momento era una ardiente ambición, que estoy segura fue lo que me llevó a actuar como una especie de cazadora de tesoros, moviéndome entre las sombras. Al recordarlo, me río de mí misma.

A pesar de que por la mañana el cielo estaba despejado, de repente se cerró con nubarrones negros y el ambiente se volvió frío. El lugar se sentía desolado; ya no se veía la presencia de más personas. Aproveché para acelerar el paso, deseando terminar y salir cuanto antes de ese lugar que, cuanto más me adentraba en él, más denso se volvía. Los árboles que rodeaban el lugar parecían emitir susurros extraños cuando el leve viento soplaba, generándome cierto nerviosismo.

Por fin llegué al lugar indicado por el anciano. Era una porción de terreno amplia y baldía, de tierra rojiza, donde daba la impresión de que ya habían estado otras personas extrayendo el material *mágico*, pues se observaba una amplia zanja y una pala rota.

Gracias a mi excelente condición física, pronto llené ambos sacos. Al hacerlo, perdí por completo la noción del tiempo; me sentí relajada, ligera, como en un agradable adormecimiento. Tal vez eran los efectos de la tierra y arcilla, pues para cuando terminé, me di cuenta de que la ropa deportiva oscura que llevaba puesta se había enrojecido por completo.

Cargué los sacos llenos sin mayor dificultad, a pesar de estar pesados. Me emocioné, pues si ese polvo era capaz de hacerme sentir así, ya quería ver sus efectos al aplicarlo sobre mi piel siguiendo el ritual de la santería.

Al salir, encontré a Ezra sentado en una esquina bajo un árbol. El sol estaba a punto de ocultarse en el milenario horizonte de Jerusalén. Con el rostro desencajado, me lanzó una última advertencia sobre el uso que daría a la arcilla de *Akeldama*. Me burlé diciéndole que el campo no había puesto la menor objeción, y que, si cualquier demonio hubiera querido detenerme, ya había perdido su oportunidad. Sonrió con resignación.

Llamé por celular al chofer privado que había contratado para que me llevara a mi hotel. A primera hora del día siguiente, regresaría a Dallas, donde debía preparar el ritual de mi eterna belleza. En cuanto terminé la llamada, Ezra había desaparecido, se puede decir que se esfumó. Jamás volví a saber de él.

De vuelta en Dallas, la emoción por probar el *barrosanctum* me abrumaba. A pesar de mi impulso por utilizarlo de inmediato, decidí esperar hasta el ocho de abril de 2024, una fecha especial con profundo significado en la santería, marcada por un eclipse total de sol. Según lo que mi madre solía contarme, los rituales realizados durante un eclipse obtenían resultados magnificados. Sabiendo que Dallas sería una de las ciudades sumidas en completa oscuridad durante el fenómeno, estaba convencida de que potenciaría los efectos del barro de la eterna belleza.

Aproveché la semana que quedaba para estudiar las oraciones e instrucciones anotadas en la libreta de mi madre y me preparé mentalmente para el evento. Me sorprendí al encontrarme practicando con gran fervor la santería por primera vez en mi vida, experimentando un sentimiento de empoderamiento seductor. Si todo salía según lo planeado, quizás me convertiría en una practicante habitual en el futuro.

Ocho de abril, día del eclipse. Me sentía como una niña ansiosa por abrir los regalos de Navidad. Me costó trabajo dormir en la víspera. Dormí sola, pues Dante se encontraba en un viaje de negocios. Mejor para mis planes, porque no tuve interrupciones ni explicaciones que dar. Me revolqué hasta altas horas de la madrugada en mi cama, hasta que pude dormir un poco. Había puesto el despertador a las 05:00 a.m., pues a pesar de que había avisado a todos mis clientes y al personal de mi oficina que ese día no acudiría, quise aprovechar el tiempo para que todo estuviera listo, ya que el punto máximo del eclipse sería a la 01:42 p.m.

Las primeras horas las dediqué a hacer algunos ejercicios de yoga y meditar un poco. Conforme avanzaba la mañana, adorné mi departamento con objetos sagrados y herramientas rituales, concentrándome en especial en el baño, el lugar designado para el ritual. Colgué imágenes religiosas, escapularios, así como cruces adornadas con cuarzos y conchas, mientras llenaba el aire con el aroma de hierbas ceremoniales y el humo de inciensos encendidos.

Vino a continuación el punto más importante. Vacié el contenido de uno de los sacos con la arcilla de *Akeldama* en mi bañera ovalada de travertino y mármol. Comencé a llenarla con agua, la cual mezclé con una garrafa de agua bendita, tal como se indicaba en las instrucciones. Mezclé todos los ingredientes con una pala especial. Como podrán darse cuenta, me preparé como una verdadera profesional para el evento.

Mientras realizaba el proceso, recitaba oraciones y cánticos ceremoniales, sumergiéndome por completo en el ritual. Lo estuve haciendo hasta que obtuve una mezcla homogénea, un líquido espeso de color rojizo. Mi corazón latía con fuerza en mi pecho, lleno de emoción y anticipación. Observar el *barrosanctum* reposando en la bañera era hipnótico, casi seductor. En varias ocasiones, sentí la tentación de lanzarme hacia él, como si me estuviera llamando, pero me contuve, consciente de que el eclipse estaba por comenzar y que todo debía salir perfecto.

Llegó la hora, el inicio del eclipse. Había decidido que el ritual se prolongaría hasta la conclusión del evento cósmico. Sumergí mi cuerpo desnudo en la bañera, lo hice con parsimonia hasta quedar recostada de manera cómoda. La sensación que tuve al hundirme y untarme la arcilla por todo el cuerpo fue algo indescriptible, un agradable cosquilleo que jamás había sentido.

La arcilla liquida me generaba una sensación refrescante y cálida a la vez. Me aseguré de que cubriera por completo cada rincón de mi cuerpo. Con ambas manos cubrí mi rostro como si fuera una mascarilla. Lo que vino a continuación fue una de las experiencias más intensas e increíbles que he vivido.

Cerré los ojos e intenté relajarme. Pronto comencé a sentir cómo un placentero calor recorría mi cuerpo. Mi corazón comenzó a latir con fuerza, empecé a sentir que me faltaba la respiración. Era como si cientos de manos comenzaran a acariciarme de manera seductora. Tuve la sensación de unos labios lamiendo de manera sensual mi cuello, seguido de una intensa caricia sobre mis senos, que comenzó a deslizarse de manera suave hasta llegar al *monte de Venus.*

A ese punto, estaba por completo extasiada; el *barrosanctum* se había convertido en mi amo y señor, me perdí en el espacio y el tiempo. Cuanto más avanzaba el eclipse devorando la luz, más extasiada me sentía. Llegué al punto de tener un intenso orgasmo que sentí duró una eternidad y, al terminar, me causó un adormecimiento que me terminó venciendo, sumergiéndome en un profundo sueño.

Cuando desperté, el punto máximo del eclipse había pasado; el segundo amanecer ya era visible. Observé mi reloj. Marcaba las 02:07 p.m. En verdad había perdido la noción del tiempo. Me sentía aún algo adormilada, así que decidí salir de la bañera e ir a la regadera para quitarme el *barrosanctum.* Hacía mucho tiempo que no disfrutaba tanto bañarme; la sensación del agua cayendo sobre mi cuerpo me provocaba un ligero cosquilleo. Fue extraño ver el efecto que el agua causaba al disolver la arcilla, pues parecía como si brotara sangre.

Vaya sorpresa me llevé cuando mi cuerpo quedó libre del *barrosanctum*. No esperaba que sus efectos fueran tan inmediatos. El color de mi piel lucía más radiante, suave como la seda al tacto. Mis piernas se veían más tonificadas. Mi emoción creció al observar mis senos; los sentí más firmes y redondeados. Al acariciar mis pezones, sentí como si por un momento abandonara mi cuerpo. Los efectos de la arcilla no solo mejoraron mi piel, sino también intensificaron mi deseo sexual. Me apresuré a terminar de bañarme y salí con prisa de la regadera. Apenas terminé de secarme, quería observarme cuanto antes en el espejo. Al hacerlo, no podía creer lo que veía.

Ahí estaba yo, frente al alargado espejo instalado en mi baño. Era como estar mirando al pasado. Mi mente tardó en procesar quién era esa hermosa mujer frente a mí. En efecto, era yo, Verónica, pero quince años más joven. Mi rostro era como ver una fotografía de cuando tenía veinte años. Todas las arrugas habían desaparecido, mis labios recuperaron la carnosidad natural de la juventud, mis ojos emitían un brillo especial. Las imperfecciones faciales habían desaparecido, cualquier línea de arruga quedó borrada, incluso las cicatrices más pequeñas.

No pude evitarlo y comencé a llorar; me llevé ambas manos a la boca y emití un gemido de emoción, que se acrecentó al observar mi cuerpo desnudo. Mi silueta era perfecta, bien torneada, atlética. No podía creer lo bien que lucían mis senos, la flacidez había desaparecido. Mis glúteos, redondeados, suaves y firmes, esculpidos con la precisión de un artista. La mejor manera de describir cómo me veía ante el espejo, era como si la propia Afrodita hubiera descendido de su pedestal y cobrara vida.

La emoción y felicidad que sentía eran indescriptibles; los efectos mágicos del *barrosanctum* eran una realidad, no se trataba de una superchería. Sentí tristeza y nostalgia al recordar a mi madre. Cuán feliz habría sido al probar sus mágicos efectos. Pobre de ella, no le alcanzó el tiempo, pero al menos aquí estaba yo, viviendo esta experiencia por ella.

Agradecí a mi madre hasta el cielo por esa gran herencia que me dejó, algo que ni todo el dinero del mundo hubiera podido comprar. Ahí estaba yo, Verónica Kelly-Cruz, desbordando una belleza eterna gracias a los secretos arcanos de la santería. Me sentía empoderada, pues ahora mi poder había rejuvenecido.

Dante quedaría por completo inerme ante mi belleza, se obsesionaría conmigo a tal punto que se convertiría en mi esclavo. Mis preocupaciones de ser sustituida por rivales más jóvenes y bellas se habían desmoronado como un castillo de arena.

Ahora sería él quien tendría que preocuparse de ser desechado y cambiado por otro. Tendría que cuidarse de los rivales que ahora harían fila para seducirme. El círculo de mi poder estaba completo, pues no solo era una exitosa abogada y mujer de negocios, sino que ahora poseía el secreto de la belleza eterna.

Qué sorpresa se llevaría Dante. Estaba ansiosa y emocionada por mostrarme ante él, y, además, sentía un ardiente deseo sexual de estar a su lado. Deseaba poner a prueba los efectos afrodisíacos del *barrosanctum*; estaba segura de que caería rendido a mis pies.

Mi amado estaba de regreso y había tratado de ponerse en contacto conmigo durante las últimas horas, pero tuve apagado mi celular para evitar cualquier interrupción durante el ritual. Habíamos planeado encontrarnos al atardecer en un café y luego cenar en un lugar elegante, pero le dije que tenía algunos pendientes que atender.

Le propuse tener una cena romántica en mi departamento. Le insinué que le esperaba una increíble sorpresa que lo dejaría sin palabras, y aunque insistió en saber más, lo dejé con la tortura de la incertidumbre.

Necesitaba tiempo para limpiar y desmontar el escenario del ritual. La fuente de mi belleza sería un secreto entre madre e hija. Llamé al restaurante más exclusivo de la ciudad, *La Brasserie Étoile*

Dorée, para que prepararan los mejores platillos franceses y los entregaran a domicilio, solicitando el servicio completo con una mesa para dos personas. Aunque el costo fue elevado, el dinero ya no era una preocupación para mí.

Busqué en mi armario el mejor vestido, uno que, además de sexy, se ajustara a la perfección a mi cuerpo, pero ninguno parecía adecuado. Todos eran indignos. Me di cuenta de que necesitaba renovar por completo mi guardarropa, una idea que me llenó de emoción, ya que sería la excusa perfecta para viajar por toda Italia en busca de las mejores prendas de diseñadores hechas a mi medida.

¿Y cuál sería entonces el atuendo ideal para recibir a Dante y presentarle a mi nuevo yo? Ninguno. Decidí que la mejor forma de hacerlo sería con la belleza de mi desnudez.

El tiempo para la llegada de Dante se agotaba. Todo estaba listo: la mesa preparada y servida con esmero. El personal del restaurante había hecho un trabajo excepcional, adornando el centro con *Château Margaux* y *Premier Grand Cru Classé*, dos de los vinos más exclusivos y caros. Era como tener un pequeño pedazo de Francia en mi propio departamento.

Preparé una iluminación tenue, combinando la luz artificial con la suave luz de las velas. En mi habitación, esperaría a Dante en completa oscuridad, tendida sobre la cama como una diosa seductora. Pero no le dejaría verme de inmediato; la revelación tendría que ser gradual y misteriosa.

Nos adelantaríamos a comer el postre, que para mí era el plato principal. Le daría pequeños bocados, permitiéndole sentir la suavidad y tersura de mi piel, comenzando por los pies y guiándolo con lentitud por el paraíso terrenal que era mi cuerpo. Jugaría con él en la oscuridad, permitiéndole probar pequeños sorbos de mí, como si fuera un hombre sediento en un desierto.

Lo haría sufrir un poco, y sería solo cuando estuviera por completo entregado que encendería las luces, llevándolo a un éxtasis inimaginable mientras dominaba por completo nuestro encuentro. Estaba segura de que, al verme, tendría un orgasmo que lo llevaría al precipicio de la locura.

Estaba recostada en mi cama cuando escuché el ruido de la puerta principal. Comenzaba a abrirse. La ansiedad y la desesperación me torturaban. Escuché unos pasos y una voz que, en ese momento, me pareció ininteligible. Dante me llamaba desde la cocina. Lo guie con mi voz hacia la habitación. Lo escuchaba acercarse. Estaba ya en la puerta de la habitación. Le pedí que no encendiera las luces. Aunque dijo algo, no pude entenderlo; la excitación había nublado por completo mi entendimiento.

Con voz suave y sensual, le pedí que se desvistiera y siguiera mis instrucciones, ya que era una de las condiciones de la sorpresa que le tenía preparada. Yo dirigiría por completo nuestro encuentro. Quería que aquello se asemejara a abrir un regalo sin maltratar la envoltura. Emitió unos gemidos extraños, que supuse eran parte de su excitación y su papel en el juego.

Comenzó a acariciar mis pies con lentitud. Debía recorrer mi cuerpo con calma; le exigí frenar cualquier arrebato. Sentí su tacto áspero y calloso, lo cual atribuí a la recién adquirida sensibilidad de mi piel, por lo que no di mayor importancia. La intensidad de mi excitación comenzaba a alcanzar niveles peligrosos y no sabía si sería capaz de contenerme. Al parecer, Dante tampoco podría seguir mucho tiempo el juego, ya que emitía gemidos extraños.

Cuando comenzó a lamer mis senos, tuve una extraña pero placentera sensación, que se interrumpió cuando comenzó a besarme, pues sus labios se sentían raros y su aliento tenía un olor acre. Me aparté un poco, pero él seguía besándome. Puse mis manos sobre su espalda y una extraña confusión me invadió al encontrar unas protuberancias que se sentían raras al tacto, como si tuviera un omóplato demasiado salido y las vértebras de su columna a punto de salírsele de la piel; me sentía por completo desorientada.

Le pedí que parara, pues algo raro estaba sucediendo, pero Dante no pudo contenerse y comenzó a penetrarme. Sentí dolor y le exigí que parara, pero el efecto fue el contrario; estaba encima de mí emitiendo gemidos bestiales. Comencé a asustarme.

Logré extender mi mano hasta el mueble de cama para encender la luz. No era Dante.

El horror se apoderó de mí al ver lo que tenía encima: un esperpento, un rostro deforme, con los ojos a punto de salírsele de sus cuencas y una infernal sonrisa que mostraba una dentadura con dientes negros y encías podridas. Era como ver al asesino Jason Voorhees. Nunca había experimentado un miedo de esa magnitud. Estaba siendo víctima de una violación. Reuniendo fuerzas de lo más profundo de mi ser, logré apartarlo con una patada.

Comencé a gritar, pidiendo auxilio, lanzándole todo lo que encontraba a mi alcance. El hombre deformado estaba parado en la esquina, desnudo; su piel parecía haber sido quemada con ácido y su pene era como el de una bestia en celo. Estaba ahí, haciéndome señas y emitiendo extraños balbuceos. Yo seguía gritándole, exigiéndole que no se atreviera a acercarse, pero hizo caso omiso y se lanzó hacia mí. Con agilidad, logré esquivarlo y, de paso, conectarle un fuerte golpe en la quijada que lo hizo caer al suelo como un muñeco de trapo.

Aprovechando que el monstruoso violador estaba en el suelo, aturdido por el fuerte golpe que le di, corrí hacia mi armario para vestirme. Me puse lo primero que encontré: unos jeans, una playera y mis tenis deportivos. Recogí mi cabello y busqué mi celular para llamar a Dante.

Quedé estupefacta al darme cuenta de que su celular estaba en la habitación, sobre una pequeña mesa. Ahí estaba, sonando. La primera idea que cruzó mi mente fue que el sujeto lo había asaltado al llegar al departamento.

Sin saber qué hacer, el miedo me paralizaba. Intenté llamar al 911, pero bloqueé mi celular al ingresar la contraseña incorrecta varias veces debido al miedo y la ofuscación que me invadían. Mientras tanto, el sujeto en el suelo comenzó a llamarme por mi nombre con voz temblorosa que alcancé a comprender: —Verónica, ¿qué está pasando? —. Le lancé un puntapié debajo de las costillas y corrí hacia la salida. Comencé a gritar, a pedir ayuda, pero lo que me encontré afuera no era más que el área de recepción al infierno.

La iluminación del pasillo era tenue, todo se veía opaco, grisáceo. Las paredes estaban agrietadas, decoradas con humedad y desgaste. El suelo estaba cubierto por una capa de polvo y suciedad. Era como estar en un lugar abandonado en donde el paso del tiempo había sido inmisericorde.

El olor del ambiente era rancio, a encierro. Reconocía el lugar, pero a su vez me resultaba extraño. Tuve la sensación de estar en una pesadilla de la cual quise despertar, tratando de tomar autocontrol de mi consciencia como suele hacerse en esos casos, pero pronto me di cuenta de que el escenario era real. No estaba en un sueño.

Corrí hacia el lado izquierdo del pasillo donde sabía que, a unos cuantos metros, me encontraría con los ascensores exclusivos del área del penthouse de la torre departamental. Al parecer, estaban funcionando. Presioné con desesperación el botón de llamado del ascensor. Mientras esperaba su llegada, miraba a los alrededores para asegurarme de que el violador no viniera tras de mí. Por fin pude desbloquear mi celular y, justo cuando estaba marcando al 911, se abrieron las puertas. En el interior, alcancé a distinguir la presencia de tres personas.

La iluminación era escasa. No alcanzaba a identificar quiénes eran. En principio, titubeé, pero mi instinto me impulsó a correr hacia el interior. Les pedí ayuda, les dije con desesperación y de manera atropellada que alguien había entrado a mi departamento para violarme, además de que no sabía qué demonios estaba pasando y por qué estaba así el lugar.

Una mujer trató de tranquilizarme. Puso su mano sobre mi hombro, pero comenzó a hablar en un idioma extraño. Le dije que no le entendía. Se acercó y pude ver un rostro con piel transparente que dejaba ver sus músculos faciales y venas verdosas, como si no tuviera epidermis. Sus globos oculares se observaban al desnudo, al igual que el cartílago de su nariz.

A pesar de tener labios, su dentadura era visible. Era como un organismo gelatinoso transparente. Horrorizada, comencé a gritar y la aparté de mí con violencia. Se estrelló contra una esquina del ascensor.

Quise salir de ahí, pero íbamos en descenso. Intenté presionar el botón de emergencia, pero un hombre me tomó por la espalda y me sujetó con fuerza. Sus brazos eran como los de un gorila, llenos de pelo. Intentaba zafarme. Un tercer sujeto se puso frente a mí y me hacía señas con sus manos deformadas que daban la impresión de ser pezuñas de un jabalí. Su rostro era horrible, parecía como si fuera una figura de cera que se derritió dejando una mueca de sufrimiento. No paraba de gritar y, cuando por fin pude zafarme del sujeto que tenía la apariencia de una bestia peluda, se abrieron las puertas del ascensor y salí corriendo.

El lobby de la recepción de la torre departamental parecía la sede de una fiesta de disfraces de Halloween. El ambiente e iluminación eran tétricos, como si el lugar se hubiera incendiado. La elegancia y tonos vivos que distinguían al lujoso inmueble estaban ahora sustituidos por colores apagados, ennegrecidos y mohosos. Lo más inquietante era que todas las personas allí presentes parecían el elenco de una película de muertos vivientes. Todos me observaban con miradas infernales y lastimosas expresiones faciales. Me quedé sin habla, sentí que me faltaba el aire, mis piernas se endurecieron como si fueran de concreto.

Escuchaba voces atropelladas que no lograba descifrar hasta que pude entender la de una persona detrás de mí que me preguntó: —¿Se encuentra bien, jovencita? —. Me di la vuelta y me topé con un rostro que parecía un retrato de un niño de cinco años hecho con crayones de tonos rojizos. Fue en ese momento cuando recibí una descarga de adrenalina que me permitió salir huyendo de ese espantoso lugar. Corrí con todas mis fuerzas hasta la salida principal. Lo que me encontré afuera fue un brutal golpe de realidad.

El tono azul del cielo había sido sustituido por uno carmesí, las torres y edificios eran de color negro mate y sus cristales reflejaban una luz amarillenta, casi de tono ámbar. El clima se sentía muy caluroso, sofocante. El ambiente estaba impregnado por un fuerte olor a combustible quemado y lo que parecía carne asada. Era intenso y me hizo toser. Sobre mi piel comenzaron a caer lo que en un principio parecían copos de nieve, pero al observarlos y sentirlos con las yemas de mis dedos, pude darme cuenta de que se trataba de ceniza. Al igual que el interior de la torre departamental, la calle estaba atiborrada de hombres y mujeres deformados, vestidos con ropas viejas y harapientas.

No podía entender qué estaba pasando. Comencé a avanzar sin saber a dónde ir. Los automóviles parecían haber sido azotados sin misericordia por las inclemencias del tiempo. Una extrema confusión ofuscaba mi mente, «¿qué había sucedido?» La primera explicación lógica que encontré fue que estábamos viviendo un ataque terrorista a gran escala; tal vez los chinos o rusos habían lanzado bombas nucleares contra Estados Unidos, lo cual explicaría el ennegrecimiento del ambiente y la deformidad de las personas, o «¿acaso el eclipse solar había desencadenado un cataclismo?» Pero de ser así, «¿por qué yo estaba ilesa?» De inmediato vino a mi mente el *barrosanctum* y pensé que tal vez eso me podría haber protegido de la radiación o cualquier otro efecto destructor de lo que parecía un holocausto nuclear.

Mi reflexión interna se vio interrumpida de manera brusca cuando escuché lo que parecía ser la voz de Dante gritándome a la distancia. Volteé esperanzada y el ser infernal que me había ultrajado había regresado; ahí estaba parado en la entrada del edificio. Vestía como un pordiosero. Me llamaba por mi nombre y afirmaba ser Dante: —Soy yo, soy yo —repetía con voz gangosa mientras se acercaba como un toro que busca dar una embestida. Entré en pánico y salí corriendo. Comencé a gritar, a pedir ayuda. Sentí alivio al ver una patrulla de policía estacionada en la esquina de la calle de enfrente. Mientras corría, les hacía señas.

Dos policías estaban dentro del vehículo. Al llegar, golpeé el vidrio del conductor y el oficial descendió de inmediato. Eran los guardianes del desorden en el inframundo. Su rostro era una masa sanguinolenta que parecía tener vida propia, emitiendo gemidos ininteligibles desde una abertura que hacía las veces de boca. Sentí que mi pecho iba a explotar. El otro policía se acercó, con un rostro aún más horrendo, una masa roja cubierta de pelos, similar a un animal atropellado. Uno de ellos puso sus manos sobre mis hombros mientras el otro me observaba. En ese momento, cualquier ruido exterior fue reemplazado por un zumbido ensordecedor en mis oídos y me sentí aturdida, como si flotara. Antes de darme cuenta, el deforme violador estaba frente a mí y lo último que recuerdo fue ver cómo, con los brazos extendidos, se lanzaba sobre mí.

Desperté de un sueño profundo, luchando contra el sopor y la confusión. Mis párpados pesaban, mis sentidos estaban adormecidos. Mi boca seca y mi voz atrapada me indicaban que algo no estaba bien. Con lentitud, me di cuenta de que estaba en un hospital; una aguja intravenosa pinchaba mi brazo izquierdo, y los monitores médicos destellaban en la penumbra de la habitación. El frío me abrazaba.

Me esforcé por incorporarme, tratando de despejar la niebla de mi mente. La esperanza de que todo fuera una pesadilla se aferraba a mí. Busqué el intercomunicador, pero mis movimientos eran torpes. Al mirar hacia la ventana, apenas distinguí la noche fuera de la habitación. La puerta se abrió y una figura oscura entró. La enfermera, que me pareció como una viuda en un velorio, se acercó a mi cama. Mis nervios se agitaron cuando me habló; sus palabras eran incomprensibles.

Quise aferrarme a que lo que estaba percibiendo era producto de los efectos de los narcóticos que me habían administrado, por lo que le pedí agua y una cobija, pero su respuesta me llegaba distorsionada. Se trasladó al costado derecho de la cama y comenzó a revisar el porta sueros. Cuando encendió la luz, la pesadilla regresó.

Su rostro estaba marchito, pálido y sin vida, me observaba con ojos vacíos. Grité, y pronto otras enfermeras, igual de espeluznantes, se unieron a ella, acompañadas por una figura masculina grotesca con aspecto de orangután enfurecido. Pronto rodearon mi cama. Quise levantarme, pero me sometieron y, en menos de lo que me di cuenta, me estaba hundiendo en la cama en un placentero adormecimiento que me volvió a dar algo de paz.

Cuando desperté, estaba en mi bañera ovalada de travertino y mármol, sumergida en el *barrosanctum*. La mezcla viscosa cubría por completo mi cuerpo y me generaba una placentera sensación, no tan intensa como la primera vez. Observé mis manos, brazos, palpé mis mejillas. Por un momento pensé que todo había sido un sueño. Algo estaba fuera de lugar, no estaba en mi departamento sino en un lugar abierto que de inmediato reconocí.

Estaba de vuelta en *Akeldama*. Podía observar a la distancia el monasterio de San Onofre ubicado en la vertiente sur del valle de Hinnom, así como las ruinas de antiguas construcciones y bardas.

La bañera estaba entre unos árboles frondosos. Intensos nubarrones adornaban el cielo y un suave viento soplaba entre las hojas. No había señales de otras personas en los alrededores; parecía como si el mundo entero se hubiera desvanecido, dejándome sola en aquel lugar.

Se respiraba una paz y tranquilidad que me resultaron en extremo reconfortantes, considerando el infierno en el que había estado. Me pareció escuchar algunas voces que me llamaban por mi nombre. Una de ellas me resultó muy familiar e hizo palpitar mi corazón con intensidad.

Desde lejos, distinguí a una mujer sentada entre las piedras, bajo una pequeña colina. Al acercarme, supe quién era: mi madre. Me levanté de la bañera y me dirigí hacia ella. No me importaba estar desnuda, pues la arcilla era mi ropaje. ¿Mamá? ¿Eres tú? pregunté con voz temblorosa. Me sonrió, y en ese momento las lágrimas comenzaron a fluir.

Corrí hacia ella y la abracé con fuerza, sin poder contener la emoción. También comenzó a llorar. Con sus manos, tomó mi rostro y me dijo algo que se me clavó en el alma como un filoso cuchillo que me hizo comprender muchas cosas.

—Perdóname por lo que te hice, hija mía —me dijo con lágrimas en los ojos y, así como lo dijo, se desvaneció como una figura de arena que se llevó el viento. Me quedé un tiempo ahí, llorando, llamándola, hasta que otra voz me sacó de mi trance. Al buscar su origen, vi que provenía de un hombre sentado bajo un árbol.

Me sonrió. Estaba a escasos metros. Decidí acercarme con cautela. A pesar de no distinguir su rostro con claridad, supe que no estaba deformado; era el de un hombre barbado, lo cual me reconfortó y me dio alivio. El viento hacía que su largo cabello negro cubriera su cara como un velo. Su mirada era triste, pero penetrante. Vestía con extrañas túnicas.

—¿Quién eres? —le pregunté.

Sonrió y, con su mano derecha, tomó un puñado de tierra rojiza y la dejó deslizar entre sus dedos como pequeñas cascadas. Al hacerlo, me clavó su mirada y me dijo algo que no olvidaré jamás y que me hizo comprenderlo todo.

—*Las tierras de Akeldama te han otorgado juventud y belleza hasta tu último aliento. En tu mundo, no hay mujer más hermosa que tú. Pero hay costos que deben ser pagados. Las tierras del campo del alfarero así lo exigen. El tipo de cambio que aquí se acepta es la traición y deseo de venganza. Tú más que nadie sabes que no se obtiene nada sin dar algo a cambio. Obtuviste lo que más deseabas a cambio de ceder tu capacidad de percibir la belleza intrínseca de las cosas que te rodean. Ahora solo ves la tuya, ¿un precio justo?*

—¡Ya no lo quiero! ¿Hay forma de revertir lo que he hecho? —le pregunté desesperada.

El hombre soltó una carcajada burlona mientras observaba cómo se deshacía en polvo rojizo, fusionándose con el campo manchado de sangre. —*No con rituales profanos* —, fue su respuesta.

Empezó a caer una fuerte lluvia que disolvió mi vestimenta de arcilla. Parecía sangre. Estaba parada ahí desnuda, no solo de cuerpo, sino de alma; nunca me había sentido así. Comencé a correr para buscar resguardo.

Encontré unas pequeñas laderas en donde había lo que parecían ser entradas a unas cuevas, pero cuando estaba a punto de ingresar, lo que vi salir de ellas me hizo resbalar y caer de espaldas. Una horda de figuras oscuras y amorfas emergió, sus miradas cargadas de lujuria eran lo único reconocible en ellas. Me levanté y, de manera instintiva, protegí mis pechos, pues ahora sentía vergüenza y traté de huir, pero pronto me vi rodeada por una multitud de hombres depravados que, con violencia, se abalanzaron sobre mí.

Al abrir los ojos, de nuevo estaba en la cama de la habitación oscura del *sanatorio de las sombras*. Estaba sola, pero solo de manera breve, pues pronto ingresó la enfermera oscura y pálida. Pronunció algunas palabras que apenas pude comprender, algo sobre la llegada del doctor y mantener la calma. Me esforcé al máximo para contener cualquier reacción excesiva y evitar otra dosis de tranquilizantes. Si quería salir de allí, necesitaba actuar con inteligencia. Poco después, apareció lo que asumí que era el doctor.

Era una monstruosidad de casi dos metros de altura, con un rostro similar al de un sapo y una piel repulsiva. Emitía gemidos guturales mientras se acercaba. Apreté la mandíbula con fuerza, pero no pude contener un grito cuando puso su mano asquerosa sobre mi pecho con lo que parecía ser un estetoscopio. Justo en ese momento, otra enfermera entró con la intención de administrarme más tranquilizantes, pero fue interrumpida por un hombre que apareció en la puerta.

Así fue como conocí a Gael. ¿Recuerdan que ya les hablé de él? Fue el terapeuta asignado a mi caso. La primera vez que lo vi, su aspecto físico me horrorizó, pero algo en su voz me calmó. No sé si influyó el hecho de que fue el primero a quien pude entender con fluidez en lo que me parecía un extraño dialecto.

Gael me ofreció una ayuda sincera y trató de explicarme lo que, según ellos, me estaba sucediendo. El diagnóstico indicaba que había sufrido una fuerte crisis emocional que desembocó en un brote psicótico, caracterizado por alucinaciones y delirios.

Por supuesto, su diagnóstico estaba por completo equivocado, ya que en ese momento yo sabía lo que en realidad me estaba sucediendo. Estaba purgando la condena de *Akeldama* y, no estaba segura de poder ser capaz de sobrevivir en esa prisión infernal.

Todo empeoró cuando aquel que estaba usurpando la identidad de mi amado Dante se presentó para visitarme. Por más explicaciones y dosis de realidad que pretendieran darme, para mí ese usurpador era un vil violador y todo en él me parecía repugnante. El amor se convirtió en odio. La crisis que sufrí cuando me visitó fue tan intensa que de nuevo me mandaron a la barra libre de tranquilizantes.

Qué terrible ironía resultó ser que, por aquel que me entregué a la maldición de *Akeldama* para conservar su preferencia eterna, hoy me causaba un escozor repulsivo. Jamás volví a saber de él.

Permanecí un par de días más en observación en ese hospital sacado de una película de terror antes de mi traslado a mi actual prisión. No consideraban oportuno darme de alta aún, pues, por más que pretendía esconderlo, notaban mi frágil estabilidad emocional, que más que otra cosa se debía a la terrible realidad con la que tendría que vivir el resto de mi vida.

De aquí en adelante, mis ojos solo podrían percibir lo más horrendo de este nuevo mundo; había perdido mi capacidad de ver la belleza de las cosas. Mi ceguera espiritual me llevó a tomar una decisión que significaría cadena perpetua, pero no me importó, pues pensaba que con ello lograría escapar de ese mundo de corrupción visual.

Durante mis caminatas por los pasillos del *sanatorio de las sombras* —sí, ese nombre se lo di yo —, las cuales me habían insistido los doctores que hiciera, entre ellos Gael, según ellos para recuperar de manera gradual mi capacidad para socializar, aproveché un descuido de la enfermera que me acompañaba, para robar de un almacén de suministros médicos la llave para mi liberación de ese mundo. Tuve una férrea batalla interna para atreverme a tomar la decisión. No encontraba el momento y el valor para hacerlo; fue una visita inesperada la que me llevó a decidirme.

Se presentó ante mí quien se identificó como mi padre. No quiero entrar en detalles sobre su aspecto físico, pues suficiente tengo con recordarlo, como para también revivir la amarga experiencia en este relato. Fingí lo mejor que pude ante su presencia, haciéndole ver que ya pronto lograría mi recuperación, pero en cuanto me quedé sola en la habitación, rompí en llanto. Para mí era ya intolerable la situación, por lo que tomé la llave que había escondido debajo de mi almohada, que en realidad eran unas filosas tijeras quirúrgicas.

Sin titubear, tomé impulso con mi mano izquierda y hundí una de las puntas afiladas en mi ojo izquierdo, ahogué mi grito de dolor. Ya no había vuelta atrás. Aprovechando la adrenalina, trasladé las tijeras a mi mano derecha y repetí la acción en el otro ojo.

Sentí un dolor agudo y punzante, que se propagó desde mis globos oculares hasta el cerebro, inundando mi mente con una sensación abrumadora de desesperación. De inmediato sentí que de mis cuencas brotaba un torrente cegador, que se mezcló con mis últimas lágrimas, empañando mi vista con un negro velo de agonía. En ese momento, caí en un abismo donde todo era un dolor indescriptible.

Comencé a gritar casi hasta el punto de reventar mi garganta, sentía que me estaba inundando con un líquido que se metía en mis fosas nasales y en mi boca hasta que perdí el conocimiento.

Así fue como terminé en la prisión de la cual les hablé al principio de este relato. Es una prisión en el sentido figurado de la palabra, una a la que decidí entrar por propia voluntad y hoy entiendo que fue una decisión no solo egoísta, sino estúpida.

Al analizar todo lo que me sucedió en retrospectiva, advierto que, quedarme ciega fue la verdadera maldición de *Akeldama*, pues hoy sé que podría haber aprendido a ver las cosas desde otra perspectiva. El hombre barbado que vi en el campo del alfarero me lo había dicho cuando le pregunté si había forma de revertir mi situación. Pero al igual que un adicto que recae, decidí recurrir de nuevo a rituales profanos, que en este caso llevé a cabo en el templo más sagrado.

¿Qué pasó conmigo? Gracias a la intervención y dedicación de Gael, fui salvada de ser enviada a un manicomio, donde, después de lo que hice, ya tenía apartada mi residencia definitiva. Puso todo su esmero en ayudarme a ajustarme a mi nueva realidad y a recuperarme de mi autoinfligida lesión. Pasé casi un mes en el hospital, hasta que me dieron de alta y me dejaron regresar a mi departamento, que, al parecer, también conservó su belleza. Les debo decir que, por ahora, es el único lugar en donde me siento como en mi mundo. Por eso les dije que era una celda con todas las comodidades, donde puedo recibir visitas. Me apresuro a terminar de dictar al ordenador estas últimas líneas, pues Gael no tarda en venir a ayudarme con unas cosas que le pedí.

Curioso sentimiento tengo, después de haberles contado esto último. Tuve un fugaz, pero fuerte destello de deseo hacia Gael. ¿Se acuerdan también de que les comenté que sus lesiones y ámpulas faciales le han ido sanando?

Termino diciéndoles esto: sí, soy la mujer más hermosa entre los horribles. Soy la *emperatriz de arcilla* en el imperio de los adefesios.

FORNEUS VUAL

El detective Robert Ortega, de la policía de Los Ángeles, recibió una llamada del comandante Yosef Gabbai, de la policía de Jerusalén. Los relojes marcaban las 10:35 a.m., hora local; 8:35 p.m., en la antigua ciudad. Eran noticias urgentes: habían encontrado al sospechoso. La expresión de Ortega se tornó pétrea cuando le informaron las condiciones en que lo hallaron: estaba muerto. Ahorcamiento. Aparente suicidio. Lo localizaron cerca de un monasterio en un milenario cementerio de la antigua ciudad. Colgaba de un árbol. Ortega pidió todos los detalles. Las pruebas preliminares del forense determinaron que el deceso ocurrió alrededor de las 14:10 horas de ese mismo día, 8 de abril de 2024.

El cuerpo presentaba golpes en el rostro, cuello, brazos, espalda y otras partes. Algunas de ellas parecían autoinfligidas, mientras que otras daban la impresión de haber sido provocadas por objetos contundentes. Pero a pesar de ello, la escena del crimen indicaba que el sujeto se había colgado él mismo. Algo desconcertante.

La necropsia oficial estaría lista en un par de días. La entrega del cuerpo entraría en un limbo burocrático infernal, pues a pesar de que el crimen se cometió en Los Ángeles, el sospechoso era de Noruega y su deceso ocurrió en Jerusalén. Primero tendría que llevarse a cabo una investigación por parte de la policía de esa ciudad para deslindar responsabilidades. Luego habría que esperar a que los familiares reclamaran el cuerpo y, si el conflicto bélico que se vivía en Israel no escalaba, tal vez en Los Ángeles recibirían un cuerpo momificado para entonces.

En realidad, eso no fue lo que inquietó al detective, sino el contenido de lo que encontraron en el teléfono celular del ahorcado, que había dejado a un costado sobre un montículo de rocas. Estaba desbloqueado, sin contraseñas. Un video dirigido a las autoridades. Una confesión.

La ofuscación se reflejaba en el rostro rechoncho del detective Ortega, quien apretaba sus pequeños labios y fruncía el ceño. Sus ojos parecían dos pequeñas canicas mientras se acariciaba su escasa cabellera. Exigió al comandante Gabbai la entrega inmediata del video, que en ese momento era ya crucial para la evidencia, pero éste se había negado, argumentando tecnicismos policiales. Como el deceso tuvo lugar en Jerusalén, la investigación estaba bajo su jurisdicción. La decisión final recaería en el mando superior. Tardarían por lo menos un par de días en darle respuesta.

Con más de treinta años de experiencia en el puesto, Ortega estaba acostumbrado a superar obstáculos como ese. Bastó con insinuar frases como "obstrucción de la justicia" e "intervención de la embajada de los Estados Unidos" para que el comandante israelí cediera y enviara el video requerido.

Después de tantos años, el detective Robert Ortega estaba cansado de los casos complicados, que eran como piezas de rompecabezas de imágenes en blanco y negro, sin solución aparente, y este era un maldito caso de ese tipo. Habían pasado apenas dos semanas del crimen, no obstante, se sentía como si hubieran sido años. Se cometió un brutal asesinato. El motivo y el modus operandi resultaban desconcertantes. Lo más extraño era la falta de una conexión evidente entre víctima y victimario, salvo por un detalle en común, que no resultaba suficiente en ese momento para establecer una fuerte conexión. Ahora todo parecía haberse complicado aún más con la aparición del principal sospechoso de asesinato, también muerto.

Llegó a temer que el crimen acabaría en el archivero de casos sin resolver, pero la llegada de un video dejado por el sospechoso podría ser la clave para desentrañar el misterio de este enrevesado caso. Este hallazgo prometía no solo revelar la verdad detrás del crimen, sino ahorrar meses, o años de investigación en un claustrofóbico callejón de evidencias elusivas. Por eso el detective Ortega estuvo a punto de estallar como una olla de presión ante la negativa inicial de compartirle el video de la confesión.

Tanto Ortega, encargado de la investigación, como el departamento de policía de Los Ángeles, al principio, no lograban comprender el motivo por el cual un individuo procedente de Noruega cometió un macabro asesinato en Los Ángeles, solo para luego huir a Jerusalén, donde, para añadir más confusión, apareció ahorcado después de haber recibido una golpiza. Nada hacía sentido. La única conexión aparente entre ambos eventos era el hecho de que tanto el asesino como la víctima estaban relacionados con el mundo de la música; el primero, un músico, y la segunda, un reconocido y estrafalario coleccionista musical.

Al llegar a la escena del crimen, la primera hipótesis que barajaron fue la posibilidad de un robo. Parecía lógico, dado el estatus de la víctima como coleccionista de artículos valuados en cientos de miles de dólares. Pronto se encontraron con una sorpresa desconcertante: ninguna pertenencia parecía haber sido sustraída del domicilio. Es decir, el asesino no se llevó nada a pesar de que la víctima poseía un botín tan atractivo para cualquier ladrón por su fácil colocación en el mercado.

El segundo factor desconcertante fue la forma espeluznante en que la víctima, de nombre Mick Stephenson, fue asesinada la madrugada del 30 de marzo de 2024 en su lujosa residencia. Una escena dantesca incluso para el equipo forense, acostumbrado a enfrentarse a escenas sanguinarias. Le habían hecho el *águila sangrienta*, un salvaje método de ejecución asociado con la mitología y la cultura vikinga. Lo encontraron colgado de una pared, en forma de *X* humana, con los brazos extendidos y amarrados a ambas esquinas de un balcón interior. La espalda cercenada y abierta con un cuchillo, le separaron las costillas de la columna vertebral, dejándolas expuestas y extrajeron los pulmones para formar con ellos una especie de alas, de ahí el nombre de *águila de sangre* por la apariencia aterradora que daba. Este tipo de ejecución buscaba causar una muerte lenta y en extremo dolorosa.

Se dice que esta práctica se reservaba para los enemigos más despreciados y se utilizaba como un acto de venganza o para enviar un mensaje de terror a otros. Para agravar el desconcierto, se presentaba otro elemento. Entre víctima y victimario no existía ningún tipo de relación previa y aparente pues ni siquiera se conocían. ¿A quién quería enviar un mensaje tan terrorífico? ¿Un acto de venganza?

La música era el delgado hilo entre los eventos, pero a medida que avanzaba la investigación, los caminos se alejaban cada vez más. En el lado del presunto asesino, la información recopilada por el departamento de policía de Los Ángeles revelaba un historial delictivo en su país de origen.

Einar Iversen, nacido en 1974 en Stavanger, una importante ciudad portuaria, conocida como la capital noruega del petróleo, había estado tras las rejas en varias ocasiones. Se le acusó de intento de secuestro, lesiones y su participación en la infame ola de quemas de iglesias que azotó diversas ciudades noruegas en

1992, atribuidas al movimiento de bandas pertenecientes al *True Norwegian Black Metal*.

Este subgénero musical extremo del *heavy metal* se caracterizó por su violencia, satanismo y abierta oposición al cristianismo durante aquellos años. La música del *True Norwegian Black Metal* se definía por acordes y ritmos disonantes, así como por letras diseñadas para crear atmósferas terroríficas, basadas en mitología nórdica, satanismo y paganismo, llegando a radicalizarse en algunos casos al incorporar temas de supremacismo blanco e idealización del nazismo.

Forneus Vual era el nombre de la banda fundada por Einar Iversen, conocido con el seudónimo de *Torn Skinlord*. Se desempeñaba como bajista y vocalista. Lo acompañaban otros dos músicos: Njord *Bone Ghoul* Thorsen, guitarrista, y Haldor *Lurid Aorta* Helland, baterista. La banda se formó a principios de los años noventa por influencia y como parte del movimiento iniciado por el famoso músico y leyenda del género Øystein Aarseth, conocido como *Euronymous*, fundador de la banda Mayhem, quien fue asesinado con feroz saña en 1993 por otro antiguo miembro de esa banda, hoy también leyenda dentro del género, Varg Vikernes.

En aquellos años, Euronymous fundó en Oslo un grupo muy cerrado y críptico que se conoció como el *Black Metal Inner Circle* (*Círculo interno del Black Metal)*, integrado por individuos pertenecientes a diferentes bandas que solían reunirse en el sótano de la tienda de música *Helvete*, propiedad de Euronymous. Este grupo se consideraba a sí mismo un movimiento, en realidad un culto de militantes satanistas cuya finalidad, además de la música extrema del movimiento, era protestar e inconformarse contra el cristianismo, el cual, argumentaban, había oprimido las raíces paganas y politeístas de Escandinavia. Muchos se referían a ellos como satánicos terroristas, pues se les atribuye ser los principales instigadores de la quema de más de cincuenta y dos iglesias a lo largo de Noruega, liderados, según se dice, por Varg Vikernes y el propio Einar Iversen.

Aunque la banda nunca grabó un álbum de estudio completo, lograron adquirir el estatus de una agrupación de culto gracias a grabaciones de canciones inacabadas y a sus actuaciones en vivo en escenarios lúgubres. El detective Ortega quedó impactado al ver algunos videos de la banda, en principio por la apariencia física de sus miembros, quienes parecían guerreros vikingos ensangrentados después de una cruenta batalla, con el rostro pintado como cadáveres, un distintivo del *black metal.* El vocalista, ataviado con una túnica negra, realizó una especie de sacrificio ritual de una cabra en el escenario. La escena le recordó al detective Ortega aquellos videos de los años noventa de escenas del crimen filmadas con cámaras de ocho milímetros, donde la imagen fuera de foco añadía un elemento de vértigo.

En la única fotografía oficial de la banda, los tres miembros aparecían dentro de sarcófagos de madera, exhibidos en un ambiente lóbrego, al estilo del viejo oeste.

A pesar de la calidad de audio y producción deplorable en algunas de las canciones de este género musical, esta característica era exaltada dentro del movimiento musical. Se argumentaba que una producción de mayor calidad traicionaría los principios del *black metal*, los cuales buscaban transmitir la crudeza y frialdad de una fuerza musical poderosa.

La fama de la banda dentro del *círculo interno del black metal* se consolidó en gran medida gracias a la supuesta grabación de un demo que eventualmente se convertiría en su primer álbum. Esta inédita grabación generó un culto en torno a ella, alcanzando niveles míticos. Leyendas urbanas referían que la banda llegó a afirmar que solo aquellos considerados *Trve*, una forma de referirse a los auténticos seguidores del *True Norwegian Black Metal*, tendrían el privilegio no solo de escucharlo, sino también de comprenderlo.

En las pocas entrevistas que quedaron registradas de *Torn Skinlord*, llegó a afirmar que esa grabación sería el equivalente a su biblia, con la cual pensaban iniciar una nueva religión. De esta manera, la banda parecía decidida a mantener su música lo más inaccesible posible para el público en general.

A partir de ese momento, *Forneus Vual* comenzó a radicalizarse y a cometer actos vandálicos por los cuales se le recuerda con mayor énfasis. Uno de estos actos involucró una fuerte golpiza a cuatro adolescentes a principios del otoño de 1992, dentro de un restaurante de comida rápida en Oslo. Los jóvenes estaban cenando hamburguesas después de asistir a un concierto de Metallica, cuando *Torn Skinlord, Bone Ghoul* y *Lurid Aorta*, acompañados de otros cuatro individuos del *círculo interno*, hicieron su entrada al establecimiento.

Según testigos, *Bone Ghoul* empezó a burlarse de los jóvenes por vestir camisetas de Metallica, considerando a esta banda indigna, propia de *posers* que habían traicionado la verdadera esencia musical y prostituido ante la escena comercial. Los jóvenes respondieron a la burla y, en respuesta, *Lurid Aorta* escupió a uno de ellos, desencadenando una confrontación verbal que pronto se tornó violenta. *Torn Skinlord* tomó una silla y la estrelló en el rostro de uno de los fanáticos de Metallica, desatando el caos.

Los jóvenes se encontraban en clara desventaja numérica frente a los siete agresores, quienes los sometieron en un linchamiento que no terminó hasta que las sirenas de las patrullas de policía comenzaron a sonar a lo lejos. Los daños en el restaurante fueron significativos, con dos de los jóvenes sufriendo fracturas de cráneo y uno de ellos quedando en coma durante más de un mes.

Otro incidente escalofriante relacionado con la banda, que incluso llegó a los titulares de la prensa, se dio cuando un fan, interesado en unirse al *círculo interno*, fue sometido a una prueba extrema como condición para demostrar su compromiso con el movimiento *Trve* del *black metal.* La naturaleza exacta de esta prueba no le fue revelada al principio; solo se le informó al fan, llamado Bjørn Larsen, que enfrentaría la muerte de cerca para comprender la verdadera esencia del *black metal.*

Cuando Bjørn comenzó a sospechar de las oscuras intenciones de *Torn Skinlord* y quiso retractarse, ya era demasiado tarde. Los miembros de la banda lo secuestraron, lo ataron y lo metieron en la cajuela del automóvil de *Lurid Aorta.* Lo llevaron a un sombrío bosque en las afueras de Oslo, donde cavaron una fosa y lo arrojaron dentro. Mientras lo sepultaban vivo, Bjørn suplicaba por su vida, pero la banda continuaba con sus extraños cánticos y burlándose de él. —Bienvenido al círculo interno—, le gritó *Torn Skinlord* mientras los tres estallaban en una carcajada siniestra antes de abandonar el lugar.

Por intervención de la buena fortuna, Bjørn logró liberarse de sus ataduras y escapar de la fosa poco profunda, salvando así su vida. Cuando la banda fue acusada del secuestro, intentaron justificarlo como una simple broma. Este incidente era solo un ejemplo de la competencia enfermiza que se daba entre las bandas del *círculo interno* para hacer gala de su lealtad a través de actos cada vez más extremos para demostrar quién podía ser el verdadero *maestro del caos.*

Esto incluyó no solo actos terroristas como la quema de iglesias, sino también asesinatos cometidos por miembros de otras bandas.

El cierre del grupo de culto *círculo interno del black metal* fue el resultado directo del asesinato de Euronymous en agosto de 1993 y de una serie de actividades delictivas que llevaron a varios de sus miembros a prisión. En este contexto, la historia de *Forneus Vual* adquiere un giro aún más oscuro. Obsesionados con su arte, los miembros de la banda afirmaron que, de ahora en adelante, solo un grupo selecto tendría el honor de escuchar su nueva música. Aseguraban estar a un paso de convertirse en los amos y señores del género, advirtiendo al mismo tiempo sobre las consecuencias para aquellos que traicionaran la lealtad hacia la banda; quedar marcados con un *nefasto* destino.

Estas palabras, pronunciadas por los propios miembros de la banda, se convirtieron en una trágica profecía autocumplida cuando *Bone Ghoul* y *Lurid Aorta* murieron en condiciones extrañas y violentas a principios de diciembre de 1993. El primero se lanzó desde lo alto de un edificio en la ciudad de Oslo, mientras que el segundo falleció en un trágico accidente automovilístico a las afueras de esa ciudad, cuando huía de una persecución policial, alegando estar siendo perseguido por demonios. Su cuerpo quedó irreconocible tras el accidente.

Denunciantes aparecieron después de la muerte de ambos sujetos. En un primer caso, Lilja Olsen, una mujer de veintiún años, originaria de Bergen, se presentó ante la policía para denunciar que había sido violada por *Lurid Aorta* en el altar de una antigua iglesia, la cual incendió después del acto criminal. Los hechos databan de 1991. Lilja había sido amenazada con sufrir graves consecuencias, tanto ella como su familia, si se atrevía a denunciarlo, por lo que guardó silencio hasta entonces.

En un segundo caso, un denunciante anónimo reveló el asesinato de Kumar Sharma, originario de la India, a manos de *Bone Ghoul* en noviembre de 1991. Este asesinato tuvo motivaciones raciales según algunos rumores. Lo cierto es que el verdadero motivo se lo llevó el músico a la tumba. El cuerpo de Kumar fue encontrado en una fosa clandestina en una granja abandonada que la banda solía visitar para sus ensayos.

A pesar de que la banda fue incluso señalada como sospechosa de haber participado en la desaparición de siete personas, jamás pudieron encontrar pruebas que los vincularan de manera directa.

El comportamiento de *Torn Skinlord* se volvió cada vez más errático después de estos eventos. Muchos afirmaban que había enloquecido. Este elemento se intentó utilizar en su defensa cuando, a finales de 1994, fue arrestado y sentenciado a 36 meses de prisión por los delitos de lesiones y secuestro.

Tras salir de prisión, se dedicó a destruir cualquier recuerdo, publicidad y grabación musical relacionada con la banda. Tiempo después, desapareció, y ni siquiera su familia volvió a tener noticias de él. Se rumorea que se trasladó a vivir a una cabaña en las afueras de la pequeña ciudad invernal de Lillehammer, donde se recluyó, viviendo como un ermitaño.

Mientras el detective Ortega repasaba todos estos datos que habían recopilado como parte de la investigación, observaba una fotografía antigua de Einar Iversen en su expediente, tomada por la policía de Oslo. En ella se veía a un joven Einar, sin maquillaje, con cabello rubio y lacio hasta los hombros. Su rostro, de finas facciones, mostraba una expresión apacible pero inexpresiva. Era difícil creer que detrás de esa apariencia se escondiera un criminal de tal naturaleza. Quizás solo su mirada perdida y, a la vez, penetrante, daba indicios de una psicopatía criminal.

Ortega revisó el video de las cámaras de seguridad de la casa de Mick Stephenson. En las imágenes se distinguía a un hombre alto, de aproximadamente metro noventa, un poco encorvado, delgado, con cabello largo, barba frondosa y llevando una mochila, ingresar por la parte trasera del domicilio a las 03:25 a.m. del 30 de marzo de 2024. Casi dos horas después, Einar salía por la puerta principal como si fuera un visitante cualquiera. No se molestó en llevarse las herramientas que utilizó para cometer el terrible asesinato. Era evidente que cubrir sus rastros era la menor de sus preocupaciones.

Según los registros obtenidos durante la investigación, a los pocos minutos de salir del domicilio, Einar tomó un Uber que lo llevó al aeropuerto LAX, donde abordó un vuelo hacia Jerusalén. Allí, al parecer, se perdió su rastro hasta que lo encontraron muerto en el legendario sitio arqueológico conocido como *Akeldama*.

Para Ortega todo esto era como estar viendo un cuadro de expresionismo abstracto. No encontraba lógica alguna en el crimen. «¿Por qué había decidido Einar salir del anonimato para cometer un asesinato al otro lado del mundo y luego huir a un país en medio de un fuerte conflicto bélico?».

Mick Stephenson era coleccionista de artículos relacionados con la música, como ediciones especiales de discos de vinilo, CDs, casetes de varios tipos, memorabilia de bandas, guitarras y otros instrumentos musicales que habían pertenecido a famosos. En un dictamen que le habían solicitado a un experto musical como parte de la investigación, se determinaba que sus gustos en nada se relacionaban con el género del *black metal*. Por todos estos detalles, Ortega creía que el video podría ser la clave para entender un caso plagado de incongruencias demenciales.

El archivo digital de video indicaba una duración de cincuenta y siete minutos y trece segundos. El detective Ortega lo descargó en su computadora de escritorio y pidió a su secretaria que no lo interrumpiera. Con él permanecieron dos de sus colaboradores más cercanos: el oficial Steve Wilkinson y la detective Lorna Baez.

El video estaba grabado en modo de autorretrato y en orientación vertical. Al principio, la imagen estaba movida y desenfocada. Einar estaba terminando de acomodarse en algún lugar que parecía un sombrío escenario. Se alcanzaba a distinguir a la distancia una tenue luz que atravesaba el marco de piedra de lo que daba la apariencia de ser una entrada a alguna antigua construcción. La iluminación era tenue, procedente de la luz que aún lograba colarse del exterior, así como de una llama parpadeante que iluminaba con pinceladas efímeras el espacio, haciendo que los objetos cercanos aparecieran y desaparecieran en un juego constante de luces y sombras. Esta ambientación generaba un efecto de dramatismo, exaltando los ánimos de los investigadores cuando por fin Einar apareció en cuadro. Vestía ropas oscuras.

La escasa iluminación acentuaba su aspecto tétrico. Su rostro demacrado y apesadumbrado llenaba la pantalla. Cabellos despeinados se arremolinaban sobre la mitad de su frente y mejilla. Deslizaba su mano izquierda sobre su desordenada barba para tratar de alisarla. Su respiración era entrecortada, tomando bocanadas de aire a intervalos. Su mirada no era tanto la de un desquiciado, sino la de alguien acongojado.

Carraspeó antes de comenzar a hablar con un tono de voz

grave y entrecortado. Hablaba inglés con fluidez, pero con un acento marcado. Sus palabras eran cortantes y, en ocasiones, carentes de emoción y sentimiento, salvo en algunas partes donde la emoción era inevitable. Las primeras impresiones que aparecieron en la mente del detective Ortega al observar el rostro de Einar indicaban que tal vez escucharían una fantasiosa y delirante confesión de un desequilibrado mental. Error de percepción. Hubo mucho de lo que narró Einar que le hizo ver que, por más experiencia que se tenga, el comportamiento humano siempre será un enigma.

—¿Por qué maté a Mick Stephenson? —. Fue la frase tajante y directa con la que abrió el diálogo.

—Es lo que con toda seguridad les interesa saber, pero como se van a dar cuenta, eso pasa a segundo término. A quien esté viendo esto, que espero haya caído en las manos indicadas, debo expresar que no es una confesión de un crimen, pues ese cerdo se lo buscó. Ya se le había advertido. No me arrepiento de lo hecho. Era necesario para evitar un mal mayor —hizo una pausa mientras fruncía el ceño y apretaba los labios.

—Este es un testimonio que me veo obligado a dejar al mundo para que no cometan los mismos errores que nosotros y no dejen que una soberbia exacerbada tome control de sus emociones en busca de una fama que terminará por destruirlos. Cometimos una severa transgresión al molestar *aquello* que no debía ser perturbado y, como consecuencia, nos traicionamos a nosotros mismos. No puedo culpar a nadie más; fuimos los causantes de nuestra propia ruina —dijo, mostrando por primera vez una fugaz expresión de tristeza.

—Gente malintencionada buscaba liberar fuerzas que jamás entendería, con el ánimo de lucro. Por eso, ese hijo de perra pagó el precio máximo. El *dios* supremo dictó su sentencia y yo fui el ejecutor. Para que entiendan a qué me refiero, antes debo contar el antecedente—. Guardó silencio y miró hacia arriba. Por instantes, la imagen se desenfocaba.

—Mi nombre es Einar Iversen. Todos me conocen como *Torn Skinlord.* Soy el fundador, bajista y vocalista de la banda *Forneus Vual.* Nunca he sido bueno para expresarme. De hecho, detesto hablar de más. Esta será la única y última vez que lo haré. Siempre preferí conversar conmigo mismo, con mi ser superior. Soy mi propio dios y demonio. Formábamos parte de un movimiento poderoso, verdadero, que buscaba la realización personal, la liberación, el descubrimiento del ser interior, de nuestro propio dios que la cristiandad buscó opacar, destruir, para esclavizar a la humanidad. Esa maldita ideología puso cadenas a mi país durante siglos, lo sometió, lo humilló. Lo dejó sin voluntad propia. Nuestra finalidad era destruir a ese enemigo. Sí, yo fui partícipe de la quema de muchos templos de adoración de quien es el verdadero dios falso—. Guardó silencio y lanzó una expresión que daba a entender que aquello que acababa de decir, no le causaba arrepentimiento alguno.

—Se nos acusa de ser satánicos. No tienen ni idea de lo que hablan. Satán es nuestro señor, pero ese nombre fue el que le dieron los cristianos. Así lo identificaron. Ellos no entienden que Satán es la voz que está dentro de ti, el orden natural y que te permite ser libre, tener plena voluntad para convertirte en un superhombre. Los corruptos jamás lo entendieron. Jamás lo entenderán.

—Por desgracia, nuestro movimiento se corrompió y fue infiltrado. Nos contaminamos con el enemigo de nuestro propio ser y, en ese sentido, puedo decir que nos *cristianizamos*. Muchos no entendieron el verdadero mensaje y ni siquiera nosotros mismos lo hicimos en su momento. Todo a nuestro alrededor se convirtió en una nefasta competencia. Una farsa. Caímos en los excesos y en nuestras propias tentaciones. Como Ícaro, quisimos volar demasiado cerca del sol, y esa fue nuestra ruina. Solo yo logré entenderlo. La humanidad jamás lo hará. Ya es demasiado tarde —. Se masajeó las sienes. Al fondo se alcanzaba a escuchar el leve susurro de lo que parecía una corriente de aire.

—Entiendan que la finalidad de este video no es justificar hechos del pasado. Hice lo que hice, bien o mal. No puedo hablar de lo que hicieron *Bone Ghoul* y *Lurid Aorta.* No puedo responsabilizarme de sus actos. Libre albedrío. Ellos fueron guiados por su propia voz interior. Lo que sí me toca explicar es el motivo de su destrucción. Yo logré salvarme por el *pacto* que hice. Con cierta ironía, puedo decir que la prisión fue parte de mi salvación. La bestia estaba dormida en su madriguera, hasta que apareció ese hijo de puta. Un maldito infiltrado del sistema —expresó, elevando el tono de voz y con enojo reflejado en su rostro. El micrófono logró captar su respiración que se asemejaba a la de una bestia enfurecida.

—Estoy dando demasiadas vueltas al asunto. Dejaré de andarme por las ramas. Todo comenzó en septiembre de 1993, cuando decidimos concentrarnos en finalizar las canciones de lo que sería nuestro álbum debut. Nos recluimos en una cabaña de la familia de Haldor *(Lurid Aorta)*, en una zona boscosa de Nordmarka, región situada al norte de Oslo. Ese bosque guardaba un significado especial para nosotros; allí podíamos conectar con las fuerzas del universo. Queríamos que nuestra música fuera sagrada. Nuestra finalidad no era solo renovar el movimiento del *True Norwegian Black Metal*, sino crear una verdadera revolución. Nuestro álbum debía convertirse en el faro que guiaría a los ejércitos de los *Trve* hacia la destrucción del cristianismo. Las letras de nuestras canciones eran perfectas. Hablaban sobre dioses y guerreros paganos olvidados, sepultados. Los llamábamos a salir de sus tumbas para luchar y destruir a los no creyentes. El apocalipsis que traería un renacer. Nuestra música sería una brújula para la nueva revolución del hombre. Pocos serían los invitados a nuestro movimiento. Los infieles pagarían las consecuencias.

—Sin embargo, nos encontramos con un fuerte dilema: una obra tan pura no podía ser grabada en cualquier lugar. No había estudio de grabación digno de nuestro trabajo. Debía ser grabado en territorio enemigo, en suelo profano. Ese sería nuestro primer bastión de conquista—. Dijo esto con expresión de autocomplacencia.

—Decidimos grabar nuestro demo en la antigua iglesia de *Livetstre*, ubicada en la pintoresca ciudad de Hamar, al sureste de Noruega. Nuestro plan era que, una vez concluida la grabación, procederíamos a destruir ese lugar de adoración del falso dios. No obstante, encontramos una mejor opción. Era el lugar perfecto. Yo conocía bien su historia, pero hasta ese momento no se me había ocurrido como una posibilidad. Una *epifanía*, como lo describirían los idólatras. Se trataba de un lugar infestado de traición y maldición: *Akeldama*, el campo de sangre que fue comprado con las treinta monedas de plata que los sumos sacerdotes pagaron al traidor, Judas Iscariote, para entregarles al Cristo. Cuando el cobarde se arrepintió de su traición, devolvió el pago ensangrentado a los principales sacerdotes. Estos, igual de cobardes, en lugar de entregar el dinero al templo, decidieron comprar una extensión territorial a las afueras de Jerusalén, que sería utilizada bajo la fachada de cementerio para extranjeros. En realidad, se le dieron otros fines que no viene al caso mencionar aquí. Lo importante es que era el lugar elegido. Nuestras canciones serían grabadas en el campo de sangre. El lugar perfecto. No podíamos contener la emoción.

—La fecha de grabación sería el 31 de octubre de 1993, el día de Samhain, cuando el velo que separa el mundo de los vivos del de los muertos es más delgado. Mantuvimos todo en secreto. Nos trasladamos a Jerusalén una semana antes para organizar todos los detalles necesarios. Solo llevamos nuestros instrumentos y una consola de grabación portátil de casete de cuatro pistas; una *Tascam porta one*, suficiente para grabar las guitarras, el bajo y un micrófono para la batería. Ya estando allá, nos las arreglaríamos para rentar un generador de energía. No necesitábamos nada más. Pasamos un par de días rondando los alrededores de *Akeldama* para elegir el sitio perfecto para la grabación. Si tuviera tiempo, tal vez les contaría los momentos salvajes que pasamos en la milenaria ciudad —. Soltó una sonrisa sardónica, que, bajo la luz titilante, le dio un aspecto sombrío.

—En un momento llegamos a considerar el monasterio de San Onofre, ubicado en el campo del alfarero en la ladera sur del valle de Hinnom. Lo descartamos ya que el lugar siempre estaba bajo constante vigilancia. Debo confesarles que, al pisar el suelo de ese lugar, sentimos una emoción indescriptible al estar en lo que en el antiguo judaísmo se conocía como el valle del infierno, Gehena, la entrada al mundo del castigo en la vida futura. Nos quedamos a meditar allí y fue entonces cuando tomamos inspiración para componer una canción adicional.

—También elegimos el nombre de nuestro demo: *Drowning Into the Open Veins of Akeldama*, —expresó esto mostrando orgullo, como cuando un padre habla de los logros deportivos de su hijo.

Para este momento, la imagen de video comenzó a entrecortarse un poco. El detective Ortega verificó su computadora, pero pronto advirtió que se trataba de una falla de origen. El video continuaba reproduciéndose.

—Grabar al aire libre no era una opción, ya que el ambiente externo habría comprometido de manera considerable el sonido. Sabíamos que, si algo abundaba en *Akeldama*, eran cuevas, pasadizos secretos, criptas y catacumbas. Esos eran los lugares ideales, con la acústica que necesitábamos.

—Empezamos a preguntar entre los lugareños de la antigua ciudad para encontrar a alguien que pudiera ayudarnos. Un adolescente con aspecto de ardilla asustada nos llevó hasta un hombre que se jactaba de ser un experto en todo lo relacionado con *Akeldama*, una especie de erudito al que todos llamaban Ezra.

—Cuando llegamos a su casa, la primera impresión fue como estar en una antigua *Skáli* o la choza de un *Seiðr*, equivalente a un mago o adivino en la antigua cultura nórdica. El lugar estaba impregnado de un denso olor a inciensos.

—Ezra estaba atendiendo a dos hombres a quienes se refería como si fueran personajes de la Edad Media: *el Ballestero* y el

Castellano. Me pareció curioso el detalle; tal vez fue porque los tipos hablaban en español—. Se quedó pensativo por unos instantes y se alcanzó a ver que con su mano hizo un ademan de restarle importancia al asunto.

—Al vernos, nos escudriñó con una mirada inquisitiva y, tras hacernos unos ademanes ceremoniales, nos pidió que tomáramos asiento en torno a una mesa circular. No me anduve con rodeos y, sin mayor detalle, le dije cuál era nuestra intención: grabar nuestras canciones bajo los ecos de un lugar sagrado. Me sorprendió que el sujeto adivinara las intenciones místicas que pretendíamos dar a nuestra música. Nos soltó una larga letanía sobre los poderes ocultos de *Akeldama* y la importancia de respetar la memoria de lo que el lugar representaba—. Al decir esto, Einar mostró una expresión de fastidio.

—Debo admitir que, en aquellos tiempos, hubo un punto en que Ezra comenzó a colmar nuestra paciencia con lo que consideramos sandeces ligadas al cristianismo, sobre todo cuando fijó su alto precio para darnos acceso y guiarnos por el interior de un secreto y antiguo cementerio de origen cristiano en Akeldama. Un tipo que pretendía darnos lecciones de moral, pero no era más que un mercader corrupto de una falsa religiosidad. Si no hubiéramos necesitado su ayuda en ese momento, le habríamos dado una paliza. Hoy me arrepiento de haber echado en saco roto muchas de sus palabras, que en realidad eran advertencias —agachó la mirada.

—Nos encontramos con Ezra al mediodía del 31 de octubre en un camino pedregoso que lleva a la cuesta del valle del infierno. Al vernos con todos nuestros instrumentos, intentó sacar ventaja exigiendo más dinero. La daga de *Bone Ghoul* lo convenció de lo contrario. Tras burlar la seguridad de la zona, Ezra nos guio a través de un escabroso sendero junto a una enorme pared de una antigua muralla. Quien más sufrió el trayecto fue *Lurid Aorta*, cargando las partes esenciales de su batería en un destartalado carrito que conseguimos en un bullicioso mercado. El pequeño generador de energía portátil que rentamos también nos dio algo de infierno. No obstante, valió la pena. Más adelante, detrás de unos arbustos y un enorme árbol seco, encontramos la entrada a las catacumbas secretas de *Akeldama*, donde se dice que fueron enterrados los primeros cristianos, guerreros y criminales más terribles de aquellas épocas. Ezra afirmó que incluso el cuerpo de Judas Iscariote reposó ahí, hasta que alguien robó sus restos. No puedo describir los sentimientos que tuvimos al estar ahí. Ezra se despidió con una frase que al principio me pareció un chiste estúpido, que tiempo después me pregunté si encerraba otro significado. Lo entendí demasiado tarde: *No olviden cerrar la puerta al salir.*

—El lugar era espacioso, pero estaba oscuro. Lo iluminamos con antorchas y un buen número de velas negras, que acomodamos en varios *loculi* y *cubiculums*, antiguas cámaras funerarias donde antes reposaban cuerpos. Los primeros espacios que encontramos estaban vacíos. La sensación que tuvimos al estar ahí fue extraña. Al principio pensamos que era miedo. De inmediato nos reprendimos, pues para nosotros el miedo debía ser un aliado. No podíamos permitirnos tener ese tipo de emociones. El ambiente estaba frío y la acústica del lugar jugaba con nuestra imaginación, ya que escuchábamos ligeros susurros. Se respiraba olor a muerte; *qué delicioso aroma.* Nos adentramos más en la catacumba para encontrar el espacio ideal donde acomodar nuestros instrumentos e instalar el generador. Una vez encendida, nuestro tiempo estaría contado, ya que la capacidad de energía era limitada. Tendríamos que grabar las siete canciones en una sola toma. Estábamos preparados.

—Finalmente, encontramos el lugar perfecto. Era una cámara más espaciosa, en la que la mayoría de los *loculi* contenían huesos y cráneos, muchos de ellos formando esqueletos completos. En el centro, descubrimos un sarcófago de piedra tratado con algo de inclemencia por el paso del tiempo. Aunque estaba vacío, nos sorprendió hallar en los costados extrañas inscripciones en una lengua indescifrable. Muchos de los trazos parecían haber sido hechos con violencia, lo que nos hizo suponer que podrían ser insultos o intentos de borrar la inscripción original. Nuestro corazón comenzó a palpitar cuando encontramos una maltrecha cruz invertida. Existía la gran posibilidad de que en ese sarcófago de piedra hubieran reposado los restos de Judas Iscariote. Habíamos encontrado el punto perfecto para la grabación —expresó con repentina emoción, acercando su rostro a la cámara a la altura de sus ojos, dando una pincelada de demencia que sorprendió ligeramente a los detectives, como cuando un gato aparece de manera inesperada en la escena de una película de suspenso.

—Instalamos todo lo necesario y conectamos la consola de grabación. Formamos un pentagrama en el piso con los huesos que recopilamos e improvisamos varias antorchas usando huesos y harapos viejos de los cadáveres. Encendimos velas, creando un ambiente tétrico. Faltaban quince minutos para las once de la noche, el momento que habíamos programado para iniciar con la grabación, que coincidiría con la transición entre el 31 de octubre y el 1º de noviembre, justo al inicio del Samhain.

—Decidimos mezclar la pintura para nuestros rostros con arcilla del campo de sangre. Salimos un momento al exterior e hicimos un ritual bajo la luz de la luna. Nos pusimos túnicas negras que contrastaban con nuestros rostros pintados de color carmesí. Hicimos algunos cánticos para honrar a los *æsir*, dioses principales de nuestros ancestros vikingos. Regresamos a la catacumba y, antes de comenzar, improvisamos un cráneo para usarlo como copa. Lo llenamos con un vino especial, mezclado con una pequeña dosis de polvo de mezcalina. Tomamos nuestros instrumentos, encendimos el generador de energía y comenzamos a grabar—. Un repentino y extraño zumbido proveniente del video, tomó desprevenidos a los detectives, causando que Baez diera un ligero brinco en su silla.

—Nunca había experimentado un sentimiento tan abrumador. No puedo describirlo con palabras. Estábamos en plena comunión con el gran señor de la oscuridad. Sentíamos un éxtasis indescriptible, una euforia desbordante. La música fluía con una intensidad y soltura increíble; me perdí en el tiempo. A veces sentía que mi espíritu abandonaba mi cuerpo. Me volví uno con mi instrumento. La intensidad con la que *Bone Ghoul* tocaba los *riffs* de guitarra era surrealista. Esos rasgueos sonaban como una máquina infernal. Las melodías sonaban gloriosas. La potencia de mi voz era sobrenatural, como si una bestia salvaje se hubiera apoderado de mí. La batería de *Lurid Aorta* resonaba con tal fuerza que, por momentos, parecía que las paredes se derrumbarían ante la incesante velocidad del doble bombo, la tarola y los platillazos. Nuestros ritmos cardíacos latían al ritmo acelerado de nuestras canciones. Qué glorioso y deseable hubiera sido morir ahí mismo, sepultados en esa maldita cripta. Hubiera sido preferible —al decir esto, se llevó la mano al rostro, tratando de esconder su expresión.

—Cuando terminamos de grabar la séptima canción y supimos que nuestro primer demo estaba completo, que habíamos cumplido con la misión de grabar en *Akeldama*, entramos en un estado de frenesí, de locura. Comenzamos a destruir nuestros instrumentos musicales como si fueran ofrendas en un sacrificio ritual. Tomé mi bajo y empecé a profanar todos los sepulcros; la devastación de los esqueletos no paró hasta que mi instrumento quedó reducido a astillas. *Lurid Aorta* usó fémures y húmeros como baquetas, hasta destrozar los parches de su batería. Mientras llevábamos a cabo nuestra devastación, *Bone Ghoul*, exhausto, tomó una siesta en el interior del sarcófago de piedra. Llegó un momento en que perdimos la conciencia y la noción del tiempo. Lo último que recuerdo es haber despertado con un terrible sentimiento de desesperación y claustrofobia, sepultado bajo una pila de huesos. Grité, no por miedo, sino por sentir que me ahogaba y sentir los afilados extremos de los huesos, rasguñar mi piel. Cuando logré quitármelos de encima, encontré a mis dos compañeros de banda riendo a carcajadas. Par de imbéciles —soltó una fugaz carcajada que generó un extraño eco en el video que tuvo el efecto de causar un ligero nerviosismo en el oficial Wilkinson como si en realidad estuviera escuchando un relato de terror. Ortega sonrió.

—Cuando emergimos de la catacumba de *Akeldama*, estaba amaneciendo, lo cual tomamos como una coincidencia. Era el amanecer de los nuevos amos del movimiento *True Norwegian Black Metal*. Hicimos una enorme pira con lo que quedó de nuestros instrumentos, incluida la consola de grabación, la planta de luz y algunos huesos, y le prendimos fuego. Nos importaba un bledo perderlos. Era nuestra gran ofrenda a nuestro amo y señor, el rey del inframundo. Qué mejor manera de hacerlo que incendiando el lugar del sepulcro del traidor. Con extremo sarcasmo, pensamos que con eso *cerraríamos la puerta al salir*, mofándonos de lo que había mencionado Ezra. Lo único que nos llevamos fue la grabación que hicimos. Era irreal tener en nuestras manos el evangelio que iniciaría un nuevo movimiento. Nos moríamos de ansias por ver la cara de nuestros detractores y pseudo seguidores del género cuando escucharan nuestra música. Nunca nos imaginamos la clase de infierno que desatamos—. Dejó de hablar y cerró los ojos por unos instantes, como queriendo contener las lágrimas.

—No escuchamos el demo de nuestra grabación hasta que regresamos a Noruega. Se puede decir que tuvimos que salir huyendo de Jerusalén, pues el humo que salía de la catacumba llamó la atención y alertó a las autoridades. Los diarios locales atribuyeron el incidente a un grupo de vándalos que destrozaron el lugar después de hacer ritos satánicos. Para nuestra fortuna, las descripciones que daban los testigos hacían parecer sospechosos a todos los habitantes de la milenaria ciudad. Cómo nos burlamos de ellos en su momento —hizo una mueca de incomodidad mientras la imagen de video se movía, como si hubiera escuchado algo. Su expresión se volvió alerta. Guardó silencio por un instante, asegurándose de que no había sido nada más que un ruido ambiental. Continuó.

—Organizamos una ceremonia privada para presentar nuestra música a un círculo muy selecto. Ningún crítico musical era bienvenido, ni personas que escucharan otro género que no fuera *black metal.* No permitimos grabaciones de ningún tipo, ni fotografías. El evento era cerrado, solo para los *Trves*, a quienes seleccionamos de una manera rigurosa, casi militar. Algunos intentaron colarse. Nos aseguramos de que recibieran su merecido castigo.

—La cita era el 11 de noviembre de 1993, en el sótano de un antiguo edificio en Oslo. Solo siete personas fueron seleccionadas a nuestra fiesta musical. Nada nos preparó para lo que sucedió en el evento —en este punto, la voz de Einar se quebró. Agachó la cabeza y salió de cámara. Se escucharon sollozos que intentó disimular. Después de unos breves instantes, su rostro apareció de nuevo, con los ojos enrojecidos y una clara congoja reflejada.

—Distribuimos el lugar como una iglesia. Los invitados se sentarían en bancas alargadas y nosotros estaríamos al frente, en un altar improvisado. Asumimos la postura de tres sacerdotes, sentados como inquisidores inexpresivos, con los rostros cubiertos por túnicas carmesí oscuro. Seríamos sinodales calificando la reacción de nuestros primeros feligreses. Pensamos que sería su prueba de iniciación.

—Insertamos la cinta de grabación en un reproductor, conectado a grandes bocinas distribuidas en las cuatro esquinas. Comenzó a sonar la primera canción: *Infernal Advocator.* Nos resultaba difícil ocultar nuestra emoción al escuchar los primeros acordes. La canción abría con un intro acústico, complementado por el bajo, en el cual ejecuté melodías en escalas menores que le daban un matiz aún más sombrío. En el momento menos esperado, un redoble de batería indicaba el inicio de la devastación junto con unos *riffs* en tritono. La expresión en los rostros de los asistentes era de sorpresa; se miraban entre ellos, asombrados, preguntándose qué carajos estaban escuchando. Nos emocionamos.

—A medida que la música avanzaba, el ambiente se volvió denso. Sentí extraños escalofríos y un malestar estomacal como cuando come uno algo que le cae pesado. Al principio, no le di importancia. Siguieron sonando las siguientes canciones: *Purifying Impalement* y *Executor of Annihilating Cleansing of the Soul.* Cuando comenzó la cuarta canción, la que lleva el título del álbum: *Drowning Into the Open Veins of Akeldama*, mi cuerpo se sentía como de plomo. Me costaba moverme y me faltaba la respiración. Al observar a mis compañeros de banda, noté que también les pasaba algo. Se movían con dificultad. *Lurid Aorta* trató de extender su mano hacia mí, dando la impresión de estar pidiendo ayuda. Sus ojos se ponían en blanco a intervalos. Cuando enfoqué mi mirada al público, todos estaban convulsionándose de manera violenta, como si estuvieran poseídos por un demonio. Dos se retorcían en el piso. Aún ebrio en mi soberbia, pensé que la euforia por escuchar nuestra música les estaba causando ese efecto.

—El volumen de la música aumentaba sin cesar. Mi propia voz gutural taladraba mis oídos, sentía que mi cabeza estallaría. Era insoportable. *Bone Ghoul* comenzó a vomitar, y el asqueroso desecho empapó su rostro, burlando las leyes de la física. Nada pudo hacer, pues estaba paralizado. Los tres quedamos inmovilizados, como si nos hubieran amarrado. De pronto, el lugar se llenó de un frío invernal, y todo comenzó a congelarse. Escarcha caía del techo, como si estuviéramos en un bosque en pleno invierno. El público emitía sollozos y horribles gemidos. En ese momento, sufrí un ataque de pánico que se agravó cuando de entre las paredes, la puerta principal e incluso del suelo, empezaron a emerger todo tipo de seres horrendos y deformes. Algunos exhibían su piel desgarrada y ensangrentada, a otros le colgaban los intestinos y órganos vitales. El olor era pútrido, indescriptible, era insoportable. Parecían víctimas de un horrible accidente o de un combate sangriento, con la diferencia de que todos estaban de pie y se movían con agilidad.

—Al principio, conté cinco engendros, o no sé cómo llamarlos, pero pronto comenzaron a aparecer más. Se convirtieron en una horda de invasores infernales que, de manera surrealista, comenzaron a danzar en círculo al ritmo de las canciones que seguían escuchándose a pesar del concierto de gritos y gemidos. Formaron un violento *mosh pit* entre ellos, que pronto se vio aderezado con sangre y piel desgarrada debido a la violencia extrema con la que se golpeaban. Llegó un punto en que casi me convencí de que todo lo que sucedía era una alucinación. Me di cuenta de que no era así cuando un enorme demonio se postró ante mí. Era un gigante, rondando los tres metros de estatura. Puedo afirmarlo, pues su imagen quedó grabada en mi ser como si hubiera sido hecha con un hierro al rojo vivo, y por ello puedo describirlo en detalle—. Fue en este punto del video en que Einar interrumpió de manera abrupta su relato, mostrando una expresión por completo desencajada. La imagen estaba desenfocada y oscura, dándole un caprichoso matiz al rostro de Einar. Comenzó a toser y el eco del lugar se encargó de replicar en un tono sombrío. Carraspeó antes de continuar con el relato.

—Su piel era del color de la nieve, casi transparente como característica adicional, hasta el punto de que todas sus venas, arterias e incluso órganos vitales eran visibles. Pude ver el palpitar de su corazón. Poseía una musculatura impresionante. Una larga cabellera pendía de su horrible cráneo y una barba de color cobrizo conseguía disimular un poco su piel descompuesta. Su rostro estaba destrozado, su boca parecía haber sido arrancada con violencia. Su dentadura estaba expuesta y el cartílago de la nariz colgaba de unos hilos de piel que le daban un extraño movimiento como si se tratara de una marioneta monstruosa. De las fosas nasales le escurría una abundante y asquerosa mucosidad. Sus ojos eran lo único que no estaba dañado; eran de un intenso y frío color azul. Vestía lo que a primera vista me parecieron viejos harapos, pero pronto advertí que su vestimenta era en realidad un uniforme de antiguo guerrero. En su mano izquierda, que parecía tener vida propia como un feroz y rabioso jabalí, sostenía un gigantesco mazo del cual sobresalían afilados picos y ganchos de los cuales colgaban pedazos de carne ensangrentada y restos gelatinosos de color rosado, que sin duda era masa encefálica. Jamás en mi vida había sentido tal terror.

—Este horrible ser se agachó hasta quedar a mi altura, su rostro a escasos milímetros del mío. Su asqueroso olor putrefacto pronto llenó mis pulmones. Sentí como si se incendiaran, comencé a toser con violencia y a vomitar. Los jugos intestinales laceraban mi esófago. Fue una sensación espantosa, pues mis músculos no respondían. La monstruosidad soltó una carcajada espantosa que, con una cruel ironía, seguía el ritmo y melodía de la canción que aún se reproducía. *Lurid Aorta* y *Bone Ghoul* lo observaban con tal terror que sus ojos parecían estar a punto de estallar. La mirada del gigante de ojos azules se posó sobre ellos y les lanzó un repugnante escupitajo que parecía un pedazo de carne molida, recorriendo parte de sus rostros y pechos como si fueran insectos rastreros. Hasta ese momento, nunca había visto en ellos una expresión de horror. Fue entonces cuando me di cuenta de lo farsantes que siempre habíamos sido al pretender mostrar al mundo cuán *malévolos* éramos. Ahí nos hacían sudar todo el miedo y la cobardía que reprimimos durante años.

—*"Forneus, gran marqués del infierno, que gobiernas los mares y comandas veintinueve legiones de demonios, hazte presente. Vual, duque del infierno, tú que lideras a treinta y siete y posees el don de revelar el pasado, presente y futuro, hazte presente"*, gritó el guerrero gigante con voz atronadora que retumbó en todo el recinto. De inmediato, se escucharon tambores batientes, tocados a una velocidad frenética, como fuego de metralla, a punto de reventar los tímpanos. Como en una obra de teatro que cambia de escenario, el ambiente gélido se transformó en uno opresivo y lúgubre, como una catacumba decorada con instrumentos de tortura inquisitorial, osarios y cientos de nichos funerarios, iluminada solo por antorchas. Al fondo distinguí dos enormes figuras antropomórficas ataviadas con extrañas vestiduras. Detrás de ellas, apareció una muchedumbre de figuras distorsionadas. Mi visión se nublaba y me costaba distinguir y enfocar. El malestar en mi cuerpo crecía, no obstante, aún conservaba suficiente claridad mental para comprender lo que estaba sucediendo. Sabía lo que estaba a punto de ocurrir. Solo narraré una parte de ello, pues son cosas que solo deben ser presenciadas por quien es condenado al infierno—. Silencio sepulcral, agachó la mirada y tomó una bocanada de aire.

—Por orden del gigante del mazo, dos demonios sometieron a uno de los siete asistentes. El pobre infeliz estaba paralizado ante el horror del dantesco espectáculo. Como si fuera un muñeco de trapo, lo colocaron en una *cruz de San Andrés*, una estructura en forma de *X* hecha de madera, utilizada como instrumento de tortura durante la Inquisición. Lo pusieron de cabeza y lo encadenaron por las muñecas y los tobillos a cada uno de los cuatro extremos de la cruz. Le arrancaron la ropa, dejándolo desnudo. El gigante reía sin cesar, como un maniaco poseído. Mis compañeros de banda ya se habían dado también cuenta de lo que estaba ocurriendo, lo deduje al ver sus rostros. Con las miradas nos dijimos todo. Como por arte de magia, una gigantesca pistola de clavos apareció en mi regazo. El gigante se acercó riendo y la tomó entre sus enormes manos—. *¡Forneus Vual, Forneus Vual!* —gritaba recibiendo una infernal ovación en respuesta. Se acercó al sujeto en la cruz, acariciando con intención lascivia el cañón de la pistola de clavos, como si fuera su miembro viril. Extendió su brazo y colocó la pistola junto al recto del pobre hombre. Un largo y desgarrador grito de dolor resonó mientras el gigante soltaba una ráfaga de clavos. No les describiré lo horripilante que fue esa escena—. La cámara enfocaba de cerca el rostro de Einar, capturando cada matiz de su expresión de angustia.

—Conocía cada uno de los movimientos que los demonios harían a continuación, cada palabra que pronunciarían, y lo que más me aterraba: cómo y cuándo terminaría todo. No poseía el don de la adivinación. El asunto era que nosotros lo habíamos escrito. Todo lo que ocurría en ese momento no era más que nuestras canciones cobrando vida. Se ejecutaban al pie de la letra, como un guion cinematográfico, con lujo de detalle y con la misma intensidad de odio que expresábamos en nuestra música. Sentí el intenso golpeteo de mi corazón dentro de mi pecho cuando comprendí lo que sucedería al reproducirse nuestra séptima canción. Su nombre lo decía todo. No merece repetirlo. Debía impedirlo a toda costa. Sabía exactamente qué hacer para detenerlo.

—Hice un esfuerzo sobrehumano para levantarme. La amalgama de voces demoníacas, gritos, sollozos y gemidos de dolor, mezclados con nuestra música, se convertía en un ruido ensordecedor y lacerante que se clavaba en mis oídos como miles de zarpazos de un gato desgarrando mi conducto auditivo. Todo ello me causaba un terrible vértigo. Sentía un ardor en mis piernas como si hubieran vertido ácido sobre ellas. No sé de dónde saqué fuerzas, pero ignorando el dolor, conseguí ponerme de pie. Todo dependía de llegar hasta donde estaba el reproductor de audio para detener la reproducción de la cinta. Mientras caminaba, observé que el gigante adivinó mis intenciones. Tomó su enorme mazo y corrió hacia mí. Aceleré el paso a costa de un gran dolor. Cada avance era una punzada desgarradora. A punto de llegar al reproductor, tropecé y caí sobre mi brazo izquierdo. Escuché un crujido, como cuando se quiebra una rama. El dolor no llegó de inmediato, sino hasta que vi un hueso sobresaliendo de mi brazo y mi mano colgando como si fuera de plastilina. El gigante estaba a menos de un metro de distancia. De no haber sido por una providencial inyección de adrenalina, atribuible al dolor y al susto, jamás habría podido presionar el botón de *stop* y sacar la cinta del reproductor—. Einar se vio obligado a callar, pues se notaba alterado, como si le faltara el aire. Sudaba.

—Como si fuera una figura de ceniza, el gigante se desmoronó en un montón gris y polvoriento, al igual que los demás demonios. Toda la escenografía apocalíptica empezó a derrumbarse en una nube de polvo sofocante que oscureció todo. Sólo se veía una tenue y titilante luz al fondo del recinto. Se escuchaban unos resignados lamentos. Mis compañeros de banda y yo estábamos en el suelo, tratando de levantarnos, limpiando la ceniza de nuestros rostros. Para ese momento el dolor se volvía insoportable. Me quité la túnica que portaba y la amarré en mi brazo. Aún quedaba un último vestigio del inframundo, como para dejar claro que no había sido un sueño. Un recordatorio.

—Esa imagen insoportable terminó por destrozar lo que quedaba de nuestras almas.

—Los siete asistentes formaban un círculo. Estaban empalados. La punta de la estaca que los atravesaba salía de lo que quedaba de sus bocas. Aún estaban vivos. Se escuchaban sus lastimosos y balbuceantes sollozos, que podían interpretarse como peticiones de ayuda. La desgarradora escena no causó en nosotros mayor impresión, pues en una de nuestras canciones, lo habíamos decretado. Los empalados fueron lo último en convertirse en polvo color carmesí. Durante años, la sospecha de la desaparición de esas siete personas nos fue atribuida. Con lo que aquí he contado, queda claro que fuimos nosotros los culpables —frunció los labios y se pudo observar un leve temblor en su barbilla.

—Fue en ese lugar donde *Lurid Aorta* y *Bone Ghoul* perdieron sus almas. No fue la pérdida de cordura, como muchos afirmaron. Nuestras canciones quedaron grabadas en sus mentes de tal forma que eran reproducidas nota por nota a diario. Vivieron casi un mes en el mundo que creamos en nuestro demo *Drowning Into the Open Veins of Akeldama.* Experimentaban sin descanso los horrores que escribimos. Ambos fueron perseguidos por *Moloch* hasta su muerte. Ese era el nombre del gigante infernal a cargo de las atrocidades y torturas narradas en nuestras canciones. También sobre *él* cantamos; la deidad demoniaca relacionada con el sacrificio de infantes y que además exige el sacrificio de quienes lo veneran, entregando lo más preciado, a cambio de la propia perdición. Yo lo invoqué. Cuando me enteré de sus muertes, sentí un gran alivio por ellos. Quien esté escuchando esta narración puede estar preguntándose en este punto: ¿cómo logré salvar mi vida? ¿Por qué no fui perseguido?

—Mientras aún estábamos en el sótano, tratando de recuperarnos, *Lurid Aorta* y *Bone Ghoul* estaban en estado de shock, como muertos vivientes. Deambulaban por el lugar, con los rostros llenos de ceniza marcados por los surcos de sus lágrimas, un irónico maquillaje. Yo me retorcía de dolor a causa de la fractura expuesta en mi brazo izquierdo. Estaba agazapado en una esquina. Lo que vi a continuación, no sabía si atribuirlo a una alucinación, aunque ahora sé que no lo fue. Escuché una voz tenue que me llamó por mi nombre. Al voltear, una figura borrosa de un hombre estaba sentada frente a mí. No distinguía sus facciones debido a la ceniza en el aire. Tenía el cabello largo y una barba espesa, y vestía una extraña y harapienta túnica. Sus palabras fueron escuetas y crípticas. A pesar de ello, comprendí el mensaje: *"Salvaste al mundo de un mal mayor, por eso conservarás tu vida. ¿Ahora comprendes el infierno que desataron al profanar fuerzas que están más allá de su comprensión? La soberbia fue tu perdición. Conserva esa grabación. A partir de hoy, eres el guardián y custodio. No permitas que caiga en manos ensangrentadas como las de ustedes. En su momento, tendrás que reparar el daño en el lugar que profanaste. Allí, la música deberá ser silenciada; cerrarás la puerta…"*. Supe quién era él y lo que debía hacer —guardó silencio. El sonido del video solo reproducía un caprichoso y tenue siseo generado por el lugar de grabación.

—¿Por qué maté a Mick Stephenson? Como mencioné al comienzo del video, ese gran hijo de perra lo pidió a gritos. Estando en prisión, recibía todo tipo de cartas de los fans de la banda. A veces llegaban sacos llenos, acompañadas de todo tipo de porquerías. Para la gran mayoría, nos convertimos en personajes de culto, de ficción, de adoración. En pocas palabras, nos convertimos en una vil caricatura, una burla, en algo que siempre quisimos evitar. Todos preguntaban sobre nuestro demo: ¿por qué nunca lo dimos a conocer? ¿Cuándo sería la fecha de lanzamiento? Algunos incluso dudaban de la veracidad de la grabación, mientras otros afirmaban saber interpretar las canciones inéditas. Por supuesto, yo sabía que aquello no era posible. Solo siete miserables tuvieron la mala suerte de escuchar nuestra grabación.

—Me escribían todo tipo de tonterías y peticiones descabelladas; algunos enviaban fotografías con nuestros rostros tatuados en diferentes partes de sus cuerpos, otros afirmaban tener comunicación con los fantasmas de *Lurid Aorta* y *Bone Ghoul*. Hubo quienes llegaron al extremo de construir efigies de ellos para invocarlos en misas negras. No faltaron las amenazas de muerte y condenas de grupos religiosos. Recuerdo que algún imbécil envió un extraño poema que en realidad pretendía ser un conjuro para dejarme en estado catatónico, según averigüé de la lectura de textos arcanos que hice en prisión. Para ese momento, ya estaba harto, quería dejar todo atrás, pero el destino ahora me estaba cobrando una cruel venganza. Decidí dejar de leer cartas y mensajes, y comencé a destruir cualquier cosa que me hacían llegar. Sin embargo, no sé por qué, una carta en particular llamó mi atención. Quizás fue la dirección del remitente, Los Ángeles,

California. Recibía correspondencia de gran parte de Europa y Latinoamérica, pero muy poca de Estados Unidos, y menos aún de California. Una extraña intuición me hizo abrirla. El remitente era Mick Stephenson. Su contenido me desconcertó por completo, dicho de otra forma, destruyó mi paz mental. ¿Cómo carajos se enteró?

—Mick Stephenson, después de presentarse como uno de los más afamados coleccionistas de música en Estados Unidos y tal vez, en el mundo, afirmaba en su carta saber que habíamos grabado un *demo* en Jerusalén, del cual solo existía una copia. Estaba dispuesto a ofrecerme quinientos mil dólares por ella. Además, prometía ponerme en contacto con una importante compañía discográfica en Estados Unidos, que no solo estaba interesada en lanzar y promocionar el demo como un álbum en forma, sino también en hacer un documental sobre *Forneus Vual*. La idea: dar a conocer nuestra obra al mundo.

—Al principio reaccioné con furia que pronto se transformó en extrema preocupación. ¿De dónde había obtenido esa información? ¿Quién se lo había contado? ¿Por qué tanto interés en un género musical que no era ni sigue siendo comercial? Desde ese momento, la poca tranquilidad que a veces lograba encontrar en mi encarcelamiento se convirtió en paranoia. Pasé semanas sin poder dormir. Mi fiel acompañante de celda ahora eran pesadillas del gigante *Moloch*, el gigante infernal —se llevó la mano a la frente y negó con la cabeza.

—Durante el tiempo restante en prisión, seguí recibiendo cartas de Stephenson, en las que insistía, incluso aumentando la oferta monetaria. Por ninguna cantidad de dinero en el mundo iba a entregar nuestra música a nadie. Menos a un mercader musical sin escrúpulos cuyas intenciones era comercializarla de forma masiva. Se me había encomendado una misión y no volvería a equivocarme. Mis últimos días en prisión se convirtieron en una extrema tortura, pues a pesar de que la grabación la dejé escondida, era evidente que hasta no estar yo en posesión de ella, no estaría a salvo, más cuando había personas dispuestas a pagar cantidades tan fuertes por obtenerla.

—Cuando fui liberado, sabía que mi única opción era desaparecer de los reflectores para siempre. Indispensable cortar cualquier contacto con los fans, amigos, e incluso con mi familia. Era imprescindible romper todo vínculo con mi pasado en la banda y con el culto en torno a *Forneus Vual*. Me dediqué a destruir cualquier video, grabación, publicidad de la banda, e incluso amenacé con ejercer acción legal en contra de quienes distribuyeran grabaciones, posters, camisetas y demás sin mi autorización expresa. Con los pocos ahorros con los que contaba y algo de dinero que les pedí prestado a mis padres, construí un refugio secreto en una zona boscosa a las afueras de Lillehammer. Allí guardé el demo en una caja de seguridad. Nadie podía enterarse de mi paradero. No revelé mi ubicación. Vivía como un ermitaño, con la naturaleza como mi único acompañante. Mi medio de comunicación era a través de cartas que depositaba y recogía en la oficina de correos local. Debo confesarles que nunca fui tan feliz.

—Mick Stephenson siguió buscándome después de mi liberación. Llamó varias veces a la casa de mis padres y trató de contactar a algunos de mis antiguos conocidos dentro de la escena del *black metal*. Por fortuna, nuestro círculo siempre ha sido muy cerrado, y pronto se encontró con una barrera impenetrable. Al poco tiempo, dejó de insistir. No volví a saber de él. Sentí gran alivio. Qué imbécil fui—. Expresó descontento sacudiendo la cabeza. La imagen tembló y Einar quedó fuera de poco por unos instantes. Tosió y aclaró su garganta.

—Treinta años después, la pesadilla reapareció. ¿Por qué esa insistencia? ¿Quién estaba detrás de él? Llegué a pensar que la presencia de Mick Stephenson era una prueba de mi valía como guardián de la grabación. No debí conservarla tanto tiempo. Gran parte de la culpa recae en mi cobardía de tomar una decisión para destruirla. Aunque también debo ser sincero: me aterrorizaba la idea de regresar a *Akeldama*. No estaba preparado. ¿Cómo podía alguien estarlo?

—Fue un viernes 22 de marzo de 2024 por la mañana cuando me encontré cara a cara con ese bastardo. Había ido a un pequeño poblado cerca de mi cabaña para comprar algunos víveres y otras cosas que necesitaba. Al salir de la tienda local, escuché que alguien me llamaba por mi nombre: ¡Señor Iversen!, gritó. Hasta el momento en que estoy grabando este video, no sé cómo demonios logró identificarme. Desde que salí de prisión, no volví a tomarme fotografía alguna.

—Al voltear, vi que se aproximaba a toda prisa. Era un hombre en sus cincuentas, de cabello entrecano y complexión delgada, con un aspecto bonachón. Mi primera impresión fue que era el típico alto ejecutivo estadounidense que no sabe en qué gastar su dinero, buscando aventuras exóticas. Llevaba gafas, que le daban un cierto parecido a Bill Gates. Vestía una camiseta de la banda Mötley Crüe, jeans y Skechers. Parecía un don nadie, un *poser*. Un indigno.

—«Señor Iversen, usted sí que es difícil de encontrar. Antes que nada, quiero decirle que es un gran placer conocerlo. Mi nombre es Mick Stephenson», me dijo extendiéndome la mano con lo que me pareció una fingida amabilidad. En ese momento, sentí que la sangre me empezaba a hervir. Los antiguos demonios de mi juventud comenzaban a despertar. A pesar de que mi primer impulso fue golpear su estúpido y feliz rostro, decidí intentar el diálogo. No debía caer en provocaciones.

—«Mira, no sé quién seas, ni cómo lograste encontrarme, pero solo te lo voy a decir una vez: la respuesta es ¡No! No hay oferta que me haga cambiar de opinión, así que deja de perder el tiempo, ¿entiendes? La respuesta es no. Además, esa grabación ya no existe» —le espeté con firmeza.

—«Pero mire, señor Iversen, por favor escuche mi oferta. Venga, lo invito al restaurante de enfrente. Permítame invitarle una buena comida acompañada de una botella de vino para discutir los términos de mi propuesta con calma. Le conviene. Puede volverse rico de la noche a la mañana» —tuvo el descaro de decirme, con su cara de imbécil, mientras ponía su mano sobre mi hombro, como si nos conociéramos. Se atrevió a invadir mi espacio.

—No pude contenerme más y le solté un fuerte golpe en el rostro seguido de otro en el estómago. El tipo cayó de espaldas. Pasó por mi mente saltar sobre su cabeza para aplastarla como una sandía, pero me contuve. Mientras se quejaba en el suelo, le lancé una advertencia — «Si te atreves a acercarte otra vez, lo que recibirás no será un golpe, sino algo mucho peor. Estás advertido, ¿me entiendes?» —. El rostro de Einar cubrió toda la imagen del video, reviviendo el momento, como cuando alguien planta su cara frente a la de otro en señal de advertencia.

—Estaba a punto de darle un par de patadas cuando algunas personas comenzaron a acercarse. Tuve que salir huyendo del lugar, temiendo que alguien llamara a la policía. Me trasladé de inmediato a mi cabaña, asegurándome de que nadie me siguiera, lo cual era difícil debido al camino inaccesible y la valla camuflada de seguridad que había instalado. Durante cuatro días tras el inesperado encuentro, me encerré en la cabaña. Ni siquiera me acercaba a la puerta. Las ventanas las revisaba de reojo. Sabía que era imposible que alguien me encontrara, pero aun así no me sentía seguro y no quise correr ningún riesgo. Al quinto día, miércoles 27 de marzo, decidí salir. Pensé que Stephenson había captado el mensaje. Hice mi caminata habitual de siete kilómetros por el sendero de costumbre. Caminar siempre me ayudaba a desestresarme, a pensar y, en esta ocasión, a observar si había algún movimiento extraño. Al terminar, me puse a cortar leña. Mientras lo hacía, sentí un golpe en la cabeza y todo se apagó.

—Hice un gran esfuerzo para abrir los ojos. Me costaba enfocar. Todo estaba borroso. Me di cuenta de que estaba tendido en el suelo, con el rostro lleno de tierra y mi barba ahora decorada con hojas secas. Estaba boca abajo. Un lacerante dolor de cabeza llegó como un perro rabioso. Intenté levantarme. A pesar del esfuerzo no pude hacerlo a la primera. Por un instante, no sabía dónde estaba ni qué había pasado. Miré al cielo y vi que estaba atardeciendo. Hacía frío. Logré ponerme de pie, aunque me sentía mareado. Llevé mi mano a donde recibí el golpe, sentí un bulto y la sangre ya estaba seca. Como si fuera un ordenador, mi cerebro se estaba reiniciando, poniendo en orden recuerdos y pensamientos. «¿Qué carajos pasó?», me pregunté. La respuesta llegó de inmediato. Entré en pánico y salí corriendo hacia la cabaña. Me tropecé, parecía un borracho. La puerta estaba abierta. Ingresé casi arrastrándome. Desde el infernal estreno de nuestro demo, no había vuelto a sentir una sensación tan terrible de perdición. Fui directo a la caja de seguridad. Estaba abierta. Me desplomé en el suelo y lloré de forma desconsolada—. Se llevó una mano a la frente y entrecerró los ojos. Tomó una bocanada de aire.

—Traté de recobrar la compostura lo más rápido posible. Necesitaba pensar y actuar de manera estratégica. Aunque sospechaba quién había robado la grabación, debía comprobarlo. Fui hasta el cuarto en donde se encontraba mi laptop. Abrí la aplicación que controlaba las cámaras de seguridad instaladas y escondidas a lo largo de toda la cabaña y el perímetro. Revisé las carpetas con los archivos de video. Vi que mientras estaba haciendo mi caminata, tres camionetas Toyota Land Cruiser negras llegaron hasta la valla de seguridad. Un sujeto con uniforme táctico oscuro bajó de una de ellas y pasó un tiempo buscando la manera de entrar, hasta que lo logró. Se estacionaron en puntos ciegos. Mis cámaras no alcanzaron a registrar lo que hicieron después.

—Mientras avanzaba el video, aparecí en cuadro cuando me puse a cortar leña. Dos sujetos vestidos de negro se acercaron con sigilo por detrás y uno de ellos me golpeó la cabeza con un objeto que parecía ser una macana. Actuaron rápido, sin duda eran profesionales. Aparecieron cuatro sujetos más y, con varios golpes, derribaron la puerta y entraron. Al poco tiempo, apareció Mick Stephenson. Confirmado. El muy hijo de puta se atrevió a ignorar mi advertencia y entró a mi cabaña a robar la grabación, el demo. Ahí estaba yo, viendo todo en los archivos de video, lleno de impotencia y rabia. Comencé a llorar, pero esta vez de furia. ¿Cómo pude haber sido tan estúpido, tan descuidado? Pese a todo ello, no era momento para lamentos ni buscar culpables. Era hora de actuar y rápido.

—Me resultó obvio que Stephenson contrató a profesionales para robar la grabación. Me siguieron la pista durante mucho tiempo. Stephenson no era un profesional. Solo era un tipo con mucho dinero y una actitud estúpida. No se preocupó por ocultar sus rastros. Había evidencia de sobra de que era un imbécil porque no me mató. Debió hacerlo. Le habría resultado fácil, pues nadie me habría extrañado y tal vez habrían pasado años antes de que alguien encontrara mi cadáver, si es que lo hubieran encontrado. Los animales salvajes tal vez harían el trabajo sucio. Daba lo mismo. Igual que nosotros, Stephenson era un tipo soberbio, egocéntrico, hambriento de atención mediática y adicto a las redes sociales y la ostentación. Fue fácil dar con su ubicación y domicilio. Lo proclamaba a los cuatro vientos en cada foto que compartía de su extensa colección musical. En varias páginas de internet se publicaron artículos y reportajes sobre las ostentosas y salvajes fiestas que solía organizar en su residencia con la farándula del *heavy metal* —dijo soltando una risa burlona.

—Era hora de actuar. Ese mismo día, me dirigí a Oslo y de ahí, directo al aeropuerto. Compré el primer vuelo disponible, con el inconveniente de que salía hasta el día siguiente. El tiempo corría en mi contra. Pese a ello, en ese momento mi única opción era esperar. No podía permitir que ese imbécil hiciera copias de la grabación. Después de un largo vuelo, llegué a Los Ángeles el viernes 29 de marzo. Por poco me niegan la visa, pues mis antecedentes penales llamaron la atención de los oficiales de inmigración. Por suerte, tras un extenso interrogatorio, los convencí de que venía a visitar al afamado Mick Stephenson por un importante proyecto musical. Al fin de cuentas, no estaba contando mentiras. Por fortuna, les pareció plausible cuando les mostré fotografías del sujeto y su relación con la música.

—Me acerqué a su domicilio y estuve rondando el lugar para conocer mis opciones, puntos débiles. Stephenson era tan descuidado que ni siquiera se molestó en contratar seguridad. Pensó que me había matado, ya sea por el golpe o porque la naturaleza se habría encargado de ello. El tipo vivía solo. Era divorciado y sus dos hijos vivían con su madre. Al parecer, no soportaban su vida de *pseudo* estrella de rock y su predilección por las prostitutas. Benditas redes sociales que todo lo pregonan a los cuatro vientos.

—Para matar el tiempo mientras esperaba, aproveché para comprar lo necesario. Me dirigí a una tienda departamental de mejoras para el hogar y ferretería cercana. Mick Stephenson pagaría caro lo que hizo. Como era viernes, temí que el infeliz organizara una fiesta en su residencia. Por suerte, no la hubo. Se fue de juerga. Pensé en aprovechar su ausencia para ingresar, pero decidí que lo más prudente era esperar a que regresara, pues podría hacerlo acompañado, lo cual complicaría mis planes. Llegó a las 2:42 am. Esperé un rato en una pequeña cafetería cercana que estaba abierta las 24 horas. Llegado el momento, entré por la puerta de servicio. Fue fácil. Subí hasta su habitación y ahí estaba, dormido, roncando sin preocupación alguna, sin advertir el terrible acto que había cometido y las consecuencias que podría desencadenar. Decidí despertarlo con un martillazo en la espinilla. El tipo emitió un alarido como un perro. La furia que sentía en ese momento era tan intensa que estaba listo para desatar sobre él la rabia de mil vikingos, pero debía ser paciente; necesitaba recuperar la grabación—. Einar hizo una breve pausa y la imagen de video comenzó a moverse, desenfocarse. Estaba moviéndose de lugar. Se escucharon pasos. La imagen se oscureció. Unos instantes después, volvió a aparecer su rostro y continuó.

—Cuando me vio, el vulgar ladrón pensó que había visto un fantasma. Comenzó a temblar y a implorar por su vida. Pensé que tendría problemas para lograr que me entregara la grabación, pero en cuanto le mostré el enorme y afilado machete que acababa de comprar, Stephenson comenzó a llorar como una niña desconsolada. Me llevó hasta una especie de bóveda especial en una enorme habitación, donde guardaba sus artículos de colección más valiosos. No paraba de hablar. Intentó suavizar la situación hablando de sus preciados objetos de Jimi Hendrix y Eddie Van Halen. Tal vez quiso distraer mi atención. No estaba de humor para eso, así que le asesté un fuerte puñetazo en la quijada.

—«Entrégame la grabación de una vez por todas, hijo de perra», le grité.

—Al parecer, le daba mucha importancia, pues guardó el casete en una pequeña caja de seguridad. Sentí un gran alivio al tenerlo de nuevo en mis manos. Lo observé con detenimiento para comprobar que fuera el original. Lo reconocí al instante, pues en la etiqueta estaba el nombre, escrito de mi puño y letra, además de una marca distintiva que había grabado en una esquina.

—Llegó el momento de cobrarme la afrenta. Mick Stephenson era una porquería de ser humano, un maldito invasor a quien ya se le había advertido. Cruzó la línea y lo que más me enfurecía era el hecho de que no comprendía lo que estuvo a punto de ocasionar. Podría haber desatado el apocalipsis, el infierno en la tierra, si hubiera distribuido y reproducido miles de copias de la grabación. Le grité esto en la cara. Él solo me miraba como un imbécil.

—Había algo más, que me inquietaba y no podía sacarlo de mi cabeza: «¿cómo diablos se enteró de la grabación y por qué mostraba tanto interés en ella?» No solo ofreció una fuerte suma de dinero, sino que organizó un operativo para robarla. Sus primeras respuestas me parecieron contradictorias y sin sentido. Quizás la adrenalina y la furia me hicieron percibir cosas que no eran. Para estar seguro, antes de llevar a cabo el ritual, quise sacarle una confesión. Tal vez me excedí —dijo, quitándose algunos cabellos del rostro, mientras soltaba un ligero suspiro. En ese instante, la calidad de audio del video comenzó a decrecer, y por momentos la voz se escuchaba entrecortada. El detective Ortega frunció el ceño y se inclinó hacia la computadora, ajustando los controles de audio con dedos ansiosos.

—Le arranqué varias uñas y cercené un par de falanges de los dedos. Su cobardía quedó en evidencia, y terminó insistiendo en que, al conocer la historia de nuestra banda, los rumores que se contaban y las trágicas circunstancias a nuestro alrededor, se había obsesionado con la grabación, pues era un objeto de culto del que todos hablaban. Bajo súplicas, me aseguró que no había más. No quise detenerme más en el asunto, pues el tiempo era ya mi peor enemigo.

—Antes de realizarle el águila de sangre, le propiné una tremenda golpiza y con un martillo de bola le destrocé los testículos. Debo confesar que mientras lo hacía, comencé a escuchar extractos de nuestras canciones en mi mente. No me sentía yo mismo. Viendo las cosas en retrospectiva, me doy cuenta de que mis actos sangrientos fueron controlados por el miserable demonio de *Moloch*. Supe entonces que él era mi amo y señor y que, de aquí en adelante, ya no me dejaría en paz—. Su tono de voz expresaba resignación. De repente, su rostro mostró preocupación al escuchar un ligero eco de un golpe distante. La imagen tembló, y el perfil ensombrecido de Einar apareció en cuadro, estático y expectante. Con apuro, enfocó su rostro y continuó.

—El tiempo se me acaba, creo que ya me extendí más de la cuenta con este testimonio. Ya saben entonces por qué maté a Mick Stephenson. Fue una ejecución para evitar un mal mayor. Además de cobrar venganza por lo que hizo. Ahora es tiempo de terminar con esto de una vez por todas. Sofocar este maldito infierno que desatamos. Debí haberlo hecho antes. Mi cobardía pudo haber causado la muerte de millones. Ahora aquí estoy, en *Akeldama*, en el lugar donde inició todo. Un lugar que profanamos. No sé cómo vaya a terminar esto, pero lo que sí sé es lo que debo hacer. Debo enfrentarme a *Moloch* que ya me está esperando en la antesala del infierno, para reparar la afrenta y regresar las siete canciones al lugar del que nunca debieron haber salido. Espero que el mundo no nos juzgue con tanta severidad.

La dura expresión que había mostrado Einar durante la mayor parte del video se desmoronó al decir estas últimas palabras. De sus ojos brotaron abundantes lágrimas, apretó los labios y ya no pudo esconder un rostro que expresaba arrepentimiento y, a su vez, un profundo dolor. Parecía otra persona. Antes de cortar el video, se escuchó un sollozo y una extraña e ininteligible voz a la distancia. La pantalla se puso en negro.

El detective Ortega apoyaba ambos codos sobre el escritorio, la mirada perdida y una expresión indescifrable en el rostro. En cambio, el oficial Wilkinson y la detective Baez mostraban incredulidad y rostros desencajados. Nadie fue capaz de romper el hielo. ¿Qué podían concluir de todo esto? El silencio se prolongó más de cinco minutos. Había demasiada información que procesar, muchos datos que verificar. A pesar de ello, todo pasaba a segundo término, pues los elementos principales para cerrar el caso estaban sobre la mesa. Existía una confesión del asesino. Las pruebas y la evidencia lo corroboraban por completo. Se ahorrarían el tedioso proceso judicial, ya que el asesino estaba muerto.

Tampoco había ningún otro elemento que investigar, puesto que no hubo robo ni terceros afectados. Los demás hechos eran simples detalles que parecían sacados de una novela de terror, quizás producto de la mente de un desquiciado, que serían un festín para los investigadores de lo paranormal. Eso no era competencia del Departamento de Policía de Los Ángeles.

—¿Qué le parece, jefe? ¿Podemos decir caso cerrado? —cuestionó la detective Baez.

Ortega la miró de reojo y soltó una amplia sonrisa. Asintió con la cabeza.

Fue al mes siguiente de que se dio carpetazo a la investigación del homicidio de Mick Stephenson, cuando la detective Baez informó a Ortega que, al etiquetar y guardar en cajas la evidencia del caso para enviarla al archivo, había encontrado algo muy interesante: una copia en CD del demo de *Forneus Vual*. Estaba escrito a mano en la superficie el título: *Drowning Into the Open Veins of Akeldama*. Al parecer, Stephenson sí había hecho una copia después de todo.

—¿Qué opina, jefe? ¿Se siente de humor para escuchar algo de *black metal* o lo enviamos al archivo? —preguntó Baez con cierto aire de sarcasmo.

Ortega tomó el CD entre sus manos y lo observó con detenimiento. Frunció el ceño y miró a la detective directo a los ojos. No dijo nada.

LA HACIENDA DEL AHORCADO

—¿A dónde va joven? —preguntó el anciano, no con un tono de reclamo, sino más bien de preocupación.

El joven, acompañado de su novia, detuvo su marcha. Veinteañeros. Turistas de la capital.

—Vamos a la Hacienda del ahorcado —respondió con cortesía forzada, pues bien, lo podrían haber dejado hablando solo por metiche. Reanudaron su paso, pero el anciano los volvió a interrumpir, pero ahora con un tono de advertencia. Con voz solemne y frunciendo el ceño les dijo —¿Es que acaso no han escuchado hablar de la maldición que asola, no solo al lugar, sino a todos aquellos que entran en esas tierras malditas?

El joven soltó una sonrisa burlona. Ella se mostró intrigada ante lo que parecía una seria advertencia.

—Con el debido respeto, *míster*, no son más que leyendas, como todas las que se escuchan por estos alrededores. A la gente le encantan las historias de aparecidos. Les gusta exagerar acontecimientos. Conozco la leyenda, que más que un fenómeno sobrenatural, fue un ajuste de cuentas entre narcos por un despojo de unas tierras. En todo caso, fue la maldición del plomo. Nosotros solo queremos material para nuestras redes sociales —contestó con leve insolencia.

El anciano sonrió, se quitó su desgastado sombrero estilo fedora y se sacudió el sudor de la frente. Con la mano les hizo una seña para que se acercaran y tomaran asiento en la destartalada mesa del pórtico, en donde se encontraba instalado y que le daba sombra. Tan solo eran las once de la mañana, pero el calor de principios de julio empezaba a sentirse desde temprano. Era inclemente, sobre todo en esa desértica región.

Los jóvenes se la pensaron un poco. Se miraron con discreción mostrando algo de desconfianza.

—Por favor, escuchen mi relato, pues lo que les tengo que contar acerca de ese lugar, puede salvar su alma. Si una vez que lo hagan, deciden proseguir, no los detendré —dijo encogiéndose de hombros —y pues al menos, ya habría cumplido con mi parte.

Aceptaron con un atisbo de renuencia. Acercaron sillas y se postraron al lado derecho del anciano. De una mesita de al lado, tomó una botella de Sotol y sirvió en tres pequeños vasos. Lo observaron con extrañeza y antes de expresar su rechazo, el anciano insistió con tono tajante.

—Lo van a necesitar para digerir lo que estoy por contarles. Les va a gustar, es reposado —esbozó un simpático guiño. Aclaró su garganta

—No son leyendas. Deberían ser —dijo con voz melancólica, sin levantar la vista. Dio un sorbo de Sotol.

—Conocí a don Indalecio Castellano, dueño de la Hacienda de San Telmo. Me comprometí a ser una especie de guardián de la puerta, de advertir a los paseantes. No dejar que se adentren en tierras malditas. No es un lugar para cazadores de fantasmas. No es como entrar en un cementerio a medianoche para buscar un buen susto. Es cientos de veces peor. Quien entra, contaminará su alma con residuos de venganza y traición. No hay nada de dulce en la venganza. Hay quienes se dan el tiempo para planearla, pero ello solo comienza un círculo interminable de perdición que termina por destruir aquello que más se quiere, tal como fue el caso de don Indalecio.

El joven lo observó con suspicacia. La dama mostraba un sincero interés en lo que tenía que decir el anciano. Algo en su mirada decía que hablaba con la verdad. No aparentaba ser un ignorante lugareño.

—Sí, se trató de un ajuste de cuentas, pero no bajo la ley del plomo, sino bajo la maldición de Judas Iscariote —al decir esto, cierta oscuridad se asomó en sus ojos. La pareja sintió un leve escalofrío. La sola pronunciación del nombre causó en ellos una extraña sensación.

El anciano bebió Sotol y con una mueca aconsejó a los jóvenes que hicieran lo mismo.

Janos, localizado en el extremo noroeste del Estado de Chihuahua, cercano a la frontera con Estados Unidos, es en donde se encuentra ubicada la Hacienda de San Telmo, que siempre había pertenecido a la familia de don Indalecio, desde antes de la revolución. Tierras que su abuelo salvó de que fueran requisadas por el ejército de Pancho Villa, al aventurarse a demostrar su lealtad al general, enlistándose en su división para no ser tachado de latifundista y explotador de campesinos. Todo con la intención de salvar sus tierras. Tal era el amor que sentía por ellas que prefirió arriesgar su vida y pagar el precio en sangre. La guerra dejó sus cicatrices, pero conservó sus tierras, las cuales fueron heredadas de generación en generación, hasta llegar a la posesión de don Indalecio.

Todo comenzó un domingo del mes de octubre del año de 1999. Don Indalecio disfrutaba en compañía de su familia, hijos y nietos. Carnita asada y unas buenas cervezas. Paz que fue interrumpida cuando a la distancia, se empezó a observar una tolvanera generada por un convoy de Suburbans lujosas. Nada bueno auguraba su llegada. Se estacionaron haciendo todo tipo de prepotentes acrobacias. De los vehículos, descendieron treinta hombres uniformados y fuertemente armados. Al fondo, como si se tratara de música marcial, se escuchaban los estridentes coros de Chalino Sánchez y sus narcocorridos. No eran judiciales ni tampoco militares, el uniforme que portaban era indumentaria estilo vaquero, botas de pieles de animales exóticos y deslumbrantes alhajas de oro. Eran los señores del narco. Comportándose como émulos del ejército de Genghis Khan, comenzaron a hacer destrozos en la propiedad y a proferir todo tipo de amenazas e injurias en contra de los ahí presentes.

Mostraban sus armas de alto calibre, haciendo detonaciones para encender el ambiente, exigiendo, además, ser alimentados. Unos barbajanes. A punta de pistola sometieron a la familia de don Indalecio. Amenazaron con violar a esposa e hija. Todo fue un acto de intimidación para hacerle ver que no estaban jugando, que ahora ellos eran los que mandaban. Comportándose como señor feudal, se presentó el máximo capo: Septimio Garza. Exigía que don Indalecio fuera llevado a su presencia y *doblara la rodilla* a punta de pistola. La exigencia del capo fue fulminante.

—Sus tierras me gustaron; ya hacía rato que les traía ganas —dijo con gran prepotencia.

—Me resultan estratégicas para el *business* por su cercanía con los gringos. Le diré lo que haremos. Dentro de tres semanas nos veremos en la notaría para que las escriture a mi nombre con todo lo que por hecho y derecho les correspondan. El precio que le pagaré por ellas será más que justo: la vida de su familia y, además, conservará su miembro viril ¿qué le parece mi oferta? —dijo soltando una despiadada carcajada —¡Tres semanas, desgraciado!

Como se imaginarán, don Indalecio quedó devastado, su familia consternada. ¿Cómo era posible perder su legado de esa forma? El capo máximo no se andaba con juegos y era fiel a su palabra, pues su antecedente criminal era legendario.

Don Indalecio era un hombre muy conocido. Norteño de cuerpo y alma, arraigado a su tierra. Amigo de políticos encumbrados en la capital. Decidió echar mano de sus influencias, cobrar algunos favores con la finalidad de salvar sus tierras. Le dieron la espalda, otros mostraron con descaro su sumisión al señor de la plaza. Diputados y jueces no pudieron ocultar su complicidad con los negocios del narco. Miserable corrupción. Los policías y demás burócratas de la capital del país, como es costumbre en ellos, se excusaron con palabras adornadas y promesas vacuas.

—No sea tonto, don Indalecio, no vale la pena arriesgar la vida por unas tierras insignificantes. Ya tendrá ocasión de adquirir otras mejores —le decían algunos indolentes. Para don Indalecio, eran sugerencias que herían como alfileres clavados en las uñas.

Don Indalecio había perdido toda esperanza, no sabía qué más hacer. Su alma comenzaba a desmoronarse poco a poco. Su arraigo por sus tierras era enrome, eran parte de su ser. Su familia trataba de convencerlo de que era mejor resignarse. Hablaron de irse del país, buscar una mejor vida. Lo más importante era conservar la vida. Accedió con la moral destrozada.

Quedaban dos semanas para la firma de las escrituras. Fue en la madrugada de un martes trece que, estando acostado en su cama, presa de un brutal insomnio, un recuerdo de un relato críptico apareció en su mente. Algo que alguien le había contado hace un par de años cuando visitó tierras antiguas y lejanas. Algo arcano, oculto en las sombras del tiempo. Era un grito desesperado para salvar sus tierras. Una locura, sin lugar a duda, pero ya qué más daba.

A primera hora de la mañana, se despertó con renovados ánimos y habló con su familia. La decisión estaba tomaba, se irían a vivir a Estados Unidos. Aduciendo temer por su seguridad, les suplicó que esa misma semana se fueran de Janos, mientras él se quedaba para organizar negocios pendientes y la entrega de la Hacienda. Era algo que él tenía que hacer solo. De igual forma, habló con todos los empleados de la Hacienda, le dolió en el alma despedirlos. Les dio una generosa compensación económica por todos sus años de servicio. Les explicó la terrible situación que se había presentado. Lo más sensato, era abandonar la Hacienda, pues era posible que los narcos no respetaran sus vidas. La mayoría se ofrecieron a tomar las armas si era necesario para defender sus tierras. Era una causa justa. Don Indalecio, agradeció con toda el alma el gesto, pero la solución que él tenía sería más efectiva.

Fue en esa misma semana que don Indalecio viajó a la legendaria y antigua ciudad de Jerusalén. Un viaje envuelto en un halo de misterio. De allá regresó con dos enormes cajas. Hoy les puedo decir cuál era su contenido. Tierra de *Akeldama*, la cual esparció por toda la Hacienda como si fueran semillas.

Pasó varios días haciéndolo. Muchos pensaban que había enloquecido. La venganza lo había cegado por completo.

Se cuenta que el último día en que don Indalecio estuvo en sus amadas tierras, lloraba como un lobo herido bajo la luna llena. Sollozos desconsolados. Al llegar la fecha infame para la firma de las escrituras, don Indalecio se presentó puntual a la notaría pública número 66. El notario, quien con toda seguridad estaba coludido con el capo, ya lo esperaba con las escrituras listas. Mientras sostenía la pluma, su mano temblaba. Su rostro expresaba una profunda tristeza, pero a su vez una extraña satisfacción.

Al día siguiente se fue de Janos, pero estaba convencido de que pronto regresaría. Gracias a su plan, podría hacerlo y todo quedaría como una horrible pesadilla. Invalidaría las escrituras que firmó, aduciendo su ilegalidad pues las habría firmado bajo amenaza y violencia. Al fin y al cabo, ya no habría nadie que las reclamaría. Sí, eso haría.

Septimio Garza tomó posesión de la Hacienda de San Telmo. Se sentía aún más poderoso. Ahora era dueño de largas extensiones territoriales. Dueño absoluto de la región. Se organizó una fastuosa celebración planeada para extenderse por una semana. Música de banda sinaloense. No se escatimaría en gastos. A la celebración estarían invitados los lugartenientes del capo, políticos, personajes de la farándula y por supuesto, mujeres hermosas para hacer realidad cualquier fantasía lujuriosa de los invitados. Pero el capo y su ejército criminal no se imaginaban la clase de celebración que tenían en puerta.

La tierra de *Akeldama* contenía semillas, pero eran de traición y venganza inimaginable. Fueron fertilizadas por la sed de venganza de aquel que la esparció. Terribles demonios, seres infernales harían acto de presencia en la celebración del capo de la droga, los cuales fueron liderados por la energía negativa de quien, en vida, fue Judas Iscariote, cuyo espectro fue lo primero que alcanzó a distinguir el capo durante la celebración. Septimio sostenía una botella de Buchanan's, cuando a la distancia, observó algo que lo llenó de terror. Un hombre colgaba de un árbol. Un ahorcado, quien de pronto cobró vida y se liberó de la soga. Comenzó a caminar a paso lento. Septimio estaba horrorizado. El espectro lo señaló con el dedo y lanzó una terrible carcajada. Fue en ese momento cuando se desató el infierno. Un ejército espectral cadavérico de soldados romanos, así como mercenarios del antiguo valle de Hinnom, atacaron con furia despiadada a los narcotraficantes y demás invitados. Pobres diablos, ni siquiera tuvieron tiempo de disparar sus cuernos de chivo. La fiesta y algarabía terminó por convertirse en un festín de horror. Llamas, gritos, sangre, vísceras esparcidas por todos lados.

El destino final del máximo capo de la droga, fue terrible. Una furia inimaginable devoró su piel hasta dejar solo sus huesos.

Los gritos de horror y desesperación se escuchaban a kilómetros a la distancia. Los pobladores de Janos no pudieron dormir esa noche.

La policía no acudió al lugar de inmediato, pues sabían que la Hacienda ahora era propiedad del narco y ahí se llevaba a cabo un bacanal. Tenían órdenes de hacerse de la vista gorda. Llamó la atención que los reportes, no hablan de gritos de júbilo, sino de dolor. Las fuerzas del orden tuvieron curiosidad y se acercaron al lugar. Lo que vieron, los horrorizó.

Cuentan que muchos de ellos sintieron en carne propia el horror que vivieron los narcos. Algunos pobladores que intentaban acercarse al lugar corrían despavoridos por los sentimientos terroríficos que invadían sus almas, presas de la locura. A partir de ese momento, ya nadie quiso acercarse a lo que hoy se conoce como *la Hacienda del ahorcado.*

La noticia de lo ahí acontecido llegó a los oídos de don Indalecio. Sintió alegría al saber que su plan había funcionado. La tierra de *Akeldama* hizo lo suyo. Su Hacienda había sido liberada. Regresó a Janos para cerciorarse. Al poner pie en su antigua Hacienda, no vio los horrores narrados por los pobladores, pero sí encontró una gran desolación y un terrible sentimiento: sed de venganza insaciable y un brutal sentimiento de culpa. Aquello era insoportable, lo estaba volviendo loco. Se sintió observado. A la distancia vio la sombra de un hombre colgado de un árbol, quien con un tono de voz lúgubre le preguntó *«¿comprendes ahora cuál es el precio?»*

Ese era el precio de *Akeldama*, el mismo precio que pagó Judas Iscariote al darse cuenta de su terrible traición. Lo perdió todo.

—¿Qué es *Akeldama*? —preguntó la muchacha.

El anciano le sonrió.

—Será lo último que les contaré. A *Akeldama*, también se le conoce como el *campo de sangre*, es el terreno que fue comprado por los antiguos sacerdotes con las treinta monedas de plata que Judas Iscariote recibió por traicionar a Jesús. Después de la traición y el posterior arrepentimiento de Judas, él habría devuelto el dinero a los sacerdotes y se sintió tan culpable por su acción que se suicidó ahorcándose en este terreno, que se convirtió en un lugar maldito y asociado con la traición y la sangre derramada. Quien toma un puñado de esa tierra para esparcir su venganza o traición, por siempre quedará condenado.

El anciano terminó su relato. Los jóvenes en ese momento tenían lágrimas en los ojos. Sabían que sus palabras contenían la verdad. Ahora sabían qué camino debían seguir.

¡GRACIAS POR LLEGAR HASTA AQUÍ!

Tu viaje a través de estas páginas ha sido un honor para mí. Ahora, tu voz es esencial para que esta obra continúe su vida más allá de estas páginas.

Te invito a dejar tu reseña y compartir tus impresiones. Tu opinión no solo me ayudará a crecer como autor, sino que también orientará a otros lectores que estén buscando su próxima gran lectura.

Dejar una reseña es sencillo y puede hacerse en la plataforma donde adquiriste este libro o en tus redes sociales favoritas. No olvides etiquetarme para que pueda leerte y agradecerte de manera personal.

AGRADECIMIENTOS

Agradezco especialmente a mi padre, José Luis Martínez Huizar, por ser mi lector beta y por sus valiosas recomendaciones sobre personajes ancestrales y mitológicos, así como por señalarme ciertos coloquialismos y redundancias inadvertidas.

También a Horacio *"Chacho"* Reséndiz, por sus observaciones metaleras y por ayudarme a ubicarme en el mapa de Noruega, donde me encontraba algo perdido.

ACERCA DEL AUTOR

José Neptuno Martínez es un escritor mexicano, abogado de profesión y músico por afición, creador de contenido. Es originario de la ciudad de Chihuahua. En el año 2020 publicó su primera novela titulada *El Plazo*, un emocionante thriller legal.

He escrito además las novelas *El publicano*, adentrándose en el suspenso político y *La posada de los maldecidos*, incursionando en el género de terror.

www.ingramcontent.com/pod-product-compliance
Lightning Source LLC
LaVergne TN
LVHW091251190726
843491LV00001B/219

* 9 7 8 6 0 7 2 9 5 9 0 1 9 *